Alfred Andersch

Fahrerflucht

und andere Hörspiele

Diogenes

Der vorliegende Band
erschien 1973 unter dem Titel ›Hörspiele‹
im Diogenes Verlag
Umschlagillustration: Gabriele Münter,
›Tisch im Gartencafé‹,
1930 (Ausschnitt)

30/00/8/1
ISBN 3 257 23168 7

Inhalt

Fahrerflucht

Stimmen:

Tankwart
Manager
Mädchen
Ansager
Polizeibeamter
Oberfeldwebel Heiß
Mary Lou
Steffen
Jimmy Wong
Sprechergruppe *(immer in Einzelsprecher aufgeteilt, nie als Sprechchor)*

Musik:
Jazzcombo

I.

Ansager: Drei Leute haben mit der Sache zu tun. Nummer eins: Der Tankwart.

Pause, in der Jazzcombo (kein Blech!) einsetzt. Sie bleibt unter dem folgenden Text stehen und rhythmisiert ihn

Sprechergruppe *in Einzelsprecher aufgeteilt:*
Autobahnausfahrt Stuttgart Nord
Zubringerstraße
Fade Hügel, mit Grünzeug beworfen
Juli
Grünzeug
sommerlich
Sechs Uhr morgens
Schon heiß
Stuttgartheiß
Weiße Stuttgarter Hitzebrühe
Tankstelle in fadem Grünzeug
BV-Aral
Firmenfarben blau-weiß
Schwarzgrüner Mercedes 220
– Polizeifarbe,
blaues Alarmlicht –
fährt schwarzgrün
durch fades Grünzeug
in weißer Hitze
an blau-weiß lackierten Blechen
vor
rollt aus und stoppt.

Noch ein paar Takte Musik. Dann Pause.

Tankwart: Ich hatte mich unter die Tür gestellt, denn ihre Sirene war schon von weitem zu hören gewesen, und es wäre falsch gewesen, wenn ich am Schreibtisch gesessen und überrascht aufgeblickt und so getan hätte, als hätte ich sie nicht gehört. Sie mußten erwarten, daß man unter die Tür trat und nachsah, was los war, wohin sie fuhren, um sechs Uhr morgens, mit der Sirene in Betrieb. Dagegen durfte ich ein wenig davon überrascht sein, daß sie bei mir vorfuhren, und ich spielte das ganz gut und ging langsam und mit ein paar zögernden Schritten – so, als wüßte ich doch nicht recht, ob ich gemeint sei – auf den Streifenwagen zu, vier Mann, alle in Uniform, saßen drin, und natürlich stieg keiner aus, weil keiner, der 'ne Uniform anhat, es noch nötig hat, höflich zu sein und auszusteigen und einem ein paar Schritte entgegen zu kommen, sondern sie blieben sitzen, und der, der neben dem Fahrer saß, hatte die Scheibe heruntergerollt. Er fragte mich, ob mir während der letzten halben Stunde ein Auto mit frischen Kratzspuren an der rechten Seite aufgefallen sei. Ich tat so, als müsse ich einen Moment nachdenken, und dann sagte ich: »Nein, ich bin seit einer halben Stunde im Dienst und da haben nur zwei Wagen bei mir getankt. An denen ist mir nichts aufgefallen, aber ich habe auch nicht besonders darauf geachtet, ob was mit ihnen los war. Und nach den Autos, die auf der Straße vorbeifahren, schaue ich meistens gar nicht hin.« Während ich diese Auskunft gab, hatte ich meine rechte Hand in der Hosentasche und befühlte mit den Fingern den Hundertmarkschein, und am Schluß fragte ich: »Warum, was ist los?« Aber der Kerl im Streifenwagen gab mir keine Antwort, sondern er stieg plötzlich aus und fragte, ob ich meine Verkäufe immer gleich registriere, und ich sagte ja, das sei Vorschrift vom Chef, und da bat er mich, ihm das Kassabuch zu zeigen. Wir gingen ins Büro, und während er sich die beiden Eintragungen ansah, die ich an diesem Morgen schon gemacht hatte, blickte ich durch das Fenster zur Tanksäule hinüber und vergewisserte mich zum zehnten Mal, daß ich den letzten Verkauf, 20 Liter Super, den Verkauf, der nicht im Kassabuch stand, gelöscht hatte. Auch der Polizeibeamte warf einen kurzen Blick auf die Tanksäulen, ehe er sagte, ich solle ihm die beiden Wagen beschreiben, die getankt hätten, und als ich es getan hatte, rückte er endlich mit der Sprache heraus.

Raumwechsel

POLIZEIBEAMTER: Fahrerflucht. Gleich hinter Leonberg liegt eine im Straßengraben, die ist fertig. 'Ne Radfahrerin. Das Rad ist auch ganz im Eimer, und der Schweinehund, der da abgehauen ist, muß unbedingt Spuren an der rechten Seite von seinem Fahrzeug haben. Wir bekamen die Funkanweisung vor zehn Minuten und die ganze Sache ist höchstens 'ne halbe Stunde alt. Es muß sich um einen Pkw handeln. Der Fahrer hat am Tatort ganz kurz abgebremst und ist dann weitergefahren. Er hat nicht gewendet, um zur Stadt zurückzufahren, und muß deshalb hier vorbeigekommen sein. Sie können mir also nichts Sachdienliches mitteilen?

Raumwechsel

TANKWART: Das wäre der Moment gewesen, in dem ich zurückgekonnt hätte, und komischerweise erfaßte ich das auch ganz scharf und klar, während ich bedauernd die Achseln zuckte und »nein« sagte und hinzufügte: »Dann müssen Sie ihn auf der Autobahn suchen, bis zur Einfahrt führt hier nichts mehr ab, außer dieser Feldweg da«, und ich wies, während ich ihn zum Streifenwagen zurückbegleitete, auf den Kiesweg, auf dem wir immer mit den Motorrädern nach Leonberg reinfahren, um unser Bier zu holen, aber er sah nur flüchtig hin, er sah eigentlich nicht einmal den Weg, sondern nur auf das runde Schild, das den Weg gegen Fahrzeuge aller Art sperrte – Menschenskinder, sind Polizisten doof! – und nickte nur und dann saß er auch schon wieder neben dem Fahrer und sie rauschten ab, Richtung Autobahn.

Pause

Einen Augenblick lang war es ganz still. Meine Hand befand sich immer noch in der Tasche, immer noch befühlten meine Finger den Hundertmarkschein, aber diesmal hörte ich ihn knistern, so still war es. Ich überlegte, ob der Beamte vielleicht doch die Feldwegausfahrt geprüft hatte, ob ein Blick ihm genügt hatte, um festzustellen, daß sich keine Radspuren auf dem Kies befanden – denn ich hatte sie mit der Harke gelöscht, so, wie ich die 20 Liter Super am Tankzähler mit einer Drehung der Kurbel gelöscht hatte –, und dann fing ich an, zu überlegen, warum ich das alles getan hatte. Und warum ich nichts Sachdienliches mitgeteilt hatte.

Pause

Ich stand auf dem Beton vor der Tankstelle, sechs Uhr morgens, es war schon heiß, Juli, die weiße stuttgarter Hitzebrühe kroch an mir hoch, ich sah die faden Hügel voller Grünzeug in der Ferne, und auf einmal wußte ich, warum mir das zugestoßen war. Ich brauchte mich ja nur zu erinnern.

Pause. Jazzcombo setzt wieder ein

SPRECHERGRUPPE:

Autostrada Genua – Rom
genannt Via Aurelia
bei Abzweigung Piombino.
Fade Hügel, mit Grünzeug beworfen,

Juli
Grünzeug
sommerlich
Fünf Uhr morgens
Schon heiß
Piombinoheiß
Weißes toskanisches Sonnenfeuer
Gehöft in fadem Grünzeug
schon zerstört
also kein Ziel mehr
also Gefechtsstand
einer Schwadron
eines Bataillons
einer Luftwaffen-Felddivision
in weißer Hitze
im Sonnenfeuer
toskanisch heiß.

Noch ein paar Takte Musik, dann Pause

TANKWART: Gegenüber von dem Gehöft stand eine Piniengruppe und ich wartete unter der größten Pinie, bis die Jabos vorbeigedonnert waren, ehe ich die Straße mit ein paar Sprüngen überquerte. Ich erreichte die Ruine und ging in den Keller runter, der noch intakt war. Der Chef und der Spieß und der Schreiber waren schon weg, sie hatten in der Nacht den Gefechtsstand nach rückwärts verlegt, und nur der Oberfeldwebel Heiß saß da und wartete befehlsgemäß auf mich. Ich war damals Melder beim 3. Zug und ich sollte den Oberfeld Heiß zu uns nach vorne bringen, weil unser Zugführer am Tag vorher den Arsch zugekniffen hatte. Ich machte Meldung, aber Heiß schaute mich gar nicht an, sondern er saß nur so da und rauchte eine Zigarette. Ich hatte ein komisches Gefühl. Es fiel mir auf, daß er noch nicht gepackt hatte, die Teile seines Sturmgepäcks lagen lose herum, und ich dachte: der ist bekloppt, wenn er sich einbildet, ich packe ihm sein Sturmgepäck. Er saß da, mit offener Jacke, rauchte und stierte vor sich hin. Um etwas zu sagen, deutete ich auf sein Deutsches Kreuz in Gold. »Den Platschari nehmen Sie besser ab«, sagte ich, »wenn Sie mit mir nach vorne gehen, Oberfeld. Der ist 'ne Zielscheibe für die Amis.« Er wachte auf, fixierte mich scharf und dann brüllte er plötzlich los, ich solle eine der höchsten deutschen Tapferkeitsauszeichnungen nicht einen Platschari nennen. Ich nahm Haltung an und sagte nichts. Er schmiß die Zigarette weg.

Raumwechsel

OBERFELDWEBEL: Und außerdem gehe ich nicht mit Ihnen nach vorne.

Raumwechsel

TANKWART: Irgend etwas gefiel mir an der Sache nicht. Am wenigsten gefiel mir, daß Heiß diesen Satz so laut und scharf hervorbrachte. Ich muß ziemlich blöd geschaut haben, denn er fuhr mich an:

Raumwechsel

OBERFELDWEBEL: Glotzen Sie mich nicht so an! Ich sage Ihnen, daß ich nicht mit Ihnen nach vorne gehe.

TANKWART: Dann ist also der Befehl aufgehoben?

OBERFELDWEBEL: Welcher Befehl?

TANKWART: Daß Sie den 3. Zug übernehmen sollen.

OBERFELDWEBEL: Wie heißt das?

TANKWART: Daß Sie den 3. Zug übernehmen sollen, Herr Oberfeldwebel.

OBERFELDWEBEL: Na, Sie können es ja noch. Und obwohl es Sie nichts angeht: ja, der Befehl ist aufgehoben.

Tankwart: Wer führt dann bitte den 3. Zug, Herr Oberfeldwebel?

Oberfeldwebel: Unteroffizier Kastner.

Tankwart: Darf ich Herrn Oberfeldwebel bitten, mir die schriftliche Ausfertigung dieses Befehls mitzugeben?

Raumwechsel

Er kam einen Schritt näher und sah mich an. Ich wußte jetzt, was mir an der Sache nicht gefiel. Ich war mir jetzt im klaren darüber, warum seine Sachen noch herumlagen und warum er dagesessen hatte, als ich kam, mit abwesendem Blick, die Uniformjacke offen, und rauchend. Heiß hatte Angst.

Pause

Ich habe schon gesagt, daß ich, gleich nachdem ich in den Keller reinkam, ein komisches Gefühl hatte. Das Gefühl war Angst. Ich wußte nun, warum ich Angst hatte. Ich hatte Angst vor der Angst des Oberfeldwebels Heiß. Es gibt alle möglichen Arten von Angst und im Krieg lernt man sie kennen. Es gibt Anfälle von Angst, gegen die man nichts machen kann, ich habe sie oft bei mir und anderen festgestellt, und man muß sie über sich ergehen lassen und dann schüttelt man sich wie ein Hund nach einer Dusche und läuft wieder weiter. Es gibt auch angeborene Angst, immerwährender Schiß, und es gibt welche, die werden sie nie los, und welche, die können ihren angeborenen Schiß abdrehen wie eine Wasserleitung und eine Zeitlang tapfer sein, und wenn sie nicht mehr tapfer zu sein brauchen, dann drehen sie die Wasserleitung wieder auf. Und dann gibt es noch die durch und durch feigen Schweine. Man erkennt sie daran, daß sie eine Stimmung des Terrors um sich verbreiten. Es gibt nichts Brutaleres als einen Feigling. Ich ahnte, wofür der

Oberfeldwebel Heiß das Deutsche Kreuz in Gold bekommen hatte. Ich hatte Angst, weil ich allein war mit einem feigen, brutalen Schwein.

Raumwechsel

OBERFELDWEBEL: Höre ich recht? Sie wollen meiner mündlichen Mitteilung nicht glauben?

TANKWART: Aber der Schwadronschef muß doch noch Zeit gehabt haben, einen so wichtigen Befehl, der Sie betrifft, schriftlich abzufassen.

OBERFELDWEBEL: Was meinen Sie mit »der Sie betrifft«? Damit meinen Sie doch etwas ganz Bestimmtes.

TANKWART: Allerdings. Ich meine, daß es schlecht aussieht, wenn ein Befehl, der Sie betrifft, Herr Oberfeldwebel, ganz allein von Ihnen weitergegeben wird. Noch dazu ein Befehl, der Sie vor dem Frontdienst bewahrt, Herr Oberfeldwebel!

Raumwechsel

Er sah mich an, als hätte er einen Verrückten vor sich. Aber er irrte sich: ich kannte mich mit den Vorschriften sehr gut aus und wußte, daß ich in einem solchen Fall einen Schwadronsbefehl fordern konnte. Es war zwar ein bißchen ungewöhnlich, aber auf keinen Fall konnte ich dafür bestraft werden, daß ich einen Nachweis verlangte. Dabei wußte ich schon, daß ich in meinem Kampf mit Heiß den Kürzeren ziehen würde. Und richtig hörte er auch auf, Theater zu machen.

Raumwechsel

OBERFELDWEBEL: Sie vergessen, daß wir allein sind!

Raumwechsel

Tankwart: Klar. Er hatte alle Trümpfe in der Hand. Er konnte es sich sogar leisten, mit dem Satz »Sie vergessen, daß wir allein sind« die Maske fallenzulassen. Ich wußte, was dieser Satz bedeutete. Er bedeutete, daß er mir anhängen konnte, was er wollte. Ich war nur ein kleiner Gefreiter und er war Oberfeldwebel und er konnte Anzeige gegen mich erstatten: er konnte behaupten, ich sei überhaupt niemals gekommen, ihn abzuholen, oder ich hätte mich geweigert, noch mal nach vorne zu gehen, oder ich sei betrunken gewesen, oder er habe mich bei versuchter Fahnenflucht erwischt. Es würde eine Kleinigkeit für ihn sein, den Spieß herumzudrehen und mich vors Kriegsgericht zu bringen. Denn wir verhandelten ohne Zeugen. Ich war allein mit einem brutalen Feigling. Aber was er dann tat, übertraf doch alles, was ich erwartet hatte.

Pause

Er hatte plötzlich seine Dienstpistole in der Hand und richtete sie gegen mich.

Raumwechsel

Oberfeldwebel: Ich zähle jetzt bis drei, und wenn Sie dann nicht draußen sind ... Und vorher noch: Sie können sich auf was gefaßt machen, wenn wir uns wiedersehen. So, und jetzt ab! Eins ...

Raumwechsel

Tankwart: Ich war draußen wie der Blitz und wieder über der Straße drüben, unter den Pinien, und hielt keuchend und sah zu den Ruinen des Gehöfts hinüber, an der Autostrada Genua – Rom, Abzweigung nach Piombino, die Luft war weiß vor Hitze, ich hatte Angst, die Hitze kroch an mir hoch

Pause

und dann knisterte wieder der Hundertmarkschein in meiner Tasche, ich stand auf dem Beton vor der Tankstelle, Autobahnausfahrt Stuttgart Nord, Zubringerstraße, sechs Uhr morgens, schon heiß, Juli, wie damals bei Piombino, ich sah die faden Hügel voller Grünzeug in der Ferne, wie damals bei Piombino, und auf einmal wußte ich, warum mir das zugestoßen war.

Pause

Es war mir zugestoßen, weil ich ein paar Minuten lang genau die gleiche Art Terror gespürt hatte wie damals bei Piombino. Ich weiß, es ist völlig unlogisch, denn der Kerl mit dem Borgward Coupé hatte nicht das geringste Druckmittel gegen mich in der Hand. Er konnte mir nicht drohen, wie der Oberfeldwebel Heiß. Trotzdem hatte ich vor ihm genau die gleiche Sorte Angst.

Pause

Dabei ließ sich alles ganz harmlos an. Ich hatte um fünf Uhr mit dem Dienst begonnen und schon zwei Wagen bedient, als so gegen dreiviertel sechs das Borgward Coupé draußen stand. Ich hatte es gar nicht kommen gehört. Der Kunde stand schon an seinem Wagen, an der rechten Vordertür.

Raumwechsel

MANAGER: Zwanzig Liter Super bitte!

Raumwechsel

TANKWART: Ich nickte, nahm den Einfüllstutzen aus dem Bügel, schraubte den Tankdeckel ab, schob den Stutzen hinein und drückte den Hahn. Die Uhr begann zu kreisen.

Raumwechsel

Wird schwül werden heute.

MANAGER: Ja, mächtig schwül.

Raumwechsel

TANKWART: Ich muß gestehen, es fiel mir erst später auf, daß der Kunde immer an der rechten Seite seines Wagens stehen blieb. Wenn man tagtäglich unzählige Wagen bedient, dann paßt man nicht mehr auf die Kunden auf. Ich wurde erst aufmerksam, als dieser Kunde fragte, wohin der Kiesweg führe, der neben unserer Tankstelle abzweigt, der Kiesweg mit dem Sperrschild davor. Ich blickte zum erstenmal auf und bemerkte, daß er ein rundes Gesicht mit einem spitzen Kinn und einer spitzen Nase hatte und daß er eine dicke schwarze Hornbrille trug, er hatte einen bedeutenden Anzug an, Zweireiher natürlich, er trug einen von diesen vornehmen grauen Hüten auf dem Kopf, und der Wagen paßte auch dazu, so richtig der kleine Vormittagswagen für 'ne schnelle Tour nach Heidelberg oder Baden-Baden von einem, der außerdem noch einen Mercedes 300 oder den 3,2 Liter BMW im Stall hat. Er war kein Herr, aber er war ein mächtiger Mann, eines von diesen runden, käsigen Gesichtern, die heute die Macht und das Geld haben. Er war mir unsympathisch.

Raumwechsel

Der Weg da? Der führt nach Leonberg.

MANAGER: Ist er überall so breit wie hier?

TANKWART: Ja, er wird sogar noch breiter. Warum?

MANAGER: Ich möchte ihn benutzen. Ich habe mich verfahren und ich habs eilig. Ich muß ganz schnell nach Leonberg rein und dann weiter, die Richtung nach Calw.

TANKWART: Das geht nicht. Das ist schon Zubringerstraße Autobahn und wir haben den Seitenweg zur Tankstelle nur bewilligt bekommen unter der Bedingung, daß wir niemand durchlassen. Das kann dem Chef die Lizenz kosten, wenn wir den Weg befahren lassen.

Raumwechsel

Ich war schon wieder dabei, den Tankdeckel aufzuschrauben und wollte ihn gerade fragen, ob ich Öl und Wasser prüfen solle, als er auf einmal dicht neben mir stand.

Raumwechsel

MANAGER: Hören Sie, ich fahre jetzt über den Kiesweg nach Leonberg. Und Sie werden keinem Menschen etwas davon sagen!

Raumwechsel

TANKWART: Ich wollte gerade den Mund auftun, als ich den Hundertmarkschein in seiner Hand gewahrte. Er hielt die Note entfaltet und ausgestreckt vor mich hin

Pause

und ich starrte ihn einen Moment lang an und dann nahm ich den Schein und steckte ihn ein, während er um das Auto herumging, sich hinter das Lenkrad klemmte und den Motor anließ. Als der Wagen anrollte und nach rechts in den Kiesweg reinfuhr, sah ich die Kratzspuren an seiner rechten Seite, auf dem vorderen Kotflügel und an der Türe, und ich begriff, warum der Mann nicht von der rechten Seite seines Autos weggegangen war, aber da waren sie auch schon fort, der Mann und das Auto, und ich nahm ganz mechanisch die Harke und löschte die Spuren, die die Reifen auf dem losen Kies des Feldweges hinterlassen hatten. Und danach ging ich zur Tanksäule und löschte die Ziffern. Der Mann und das Auto waren niemals dagewesen. Nur der Hundertmarkschein in meiner Tasche erinnerte mich an ihre Anwesenheit.

Pause

Ich habe ihn nicht genommen, weil das Geld mich verführt hätte. Ich habe ihn genommen, weil von dem Mann genau die gleiche Art Terror ausging wie von dem Oberfeldwebel Heiß: der Terror eines Feiglings. Ich weiß, daß das alles unlogisch ist: ein Hundertmarkschein ist keine Dienstpistole – dennoch habe ich mich einen Augenblick lang von dem Geldschein genauso bedroht gefühlt wie damals von der Waffe. Es muß an dem Mann gelegen haben, der ihn mir hinstreckte. Er sah ganz anders aus als Heiß. Aber er war mir genauso unsympathisch. Ich hatte Angst vor ihm. Ich habe Angst immer nur vor Menschen gehabt. Damals, bei Piombino, hatte ich keine Angst vor den Jabos, auf meinen Meldegängen, und keine Angst vor der Artillerie der beiden kleinen englischen Kreuzer, die auf der Reede von Piombino lagen – aber als ich aus dem Keller des Gehöfts herauskam, hatte ich Angst vor dem Oberfeldwebel Heiß. Ich wußte, was mir bevorstand, wenn ich noch lebte, bis wir in Ruhestellung kamen, und ich beschloß, nicht mehr zur Schwadron zurückzukehren. Ich

versteckte mich in einem anderen Gehöft, östlich der Straße, an den Abhängen der Hügel, und ließ mich von den Amerikanern überrollen, und nach ein paar Tagen war ich im Gefangenenlager in Nettuno. Heiß hat leichtes Spiel mit mir gehabt, aber Leute wie er haben einen Riecher dafür, mit wem sie es zu tun haben.
Der heute früh hat auch gleich gewußt, wen er vor sich hatte: einen, der sich einschüchtern läßt. Ich kann mir nicht helfen: wenn ich einen dieser großen, mächtigen Gangster vor mir habe, einen von diesen Kerlen, die immer obenauf sind, das Gesindel mit den Oberfeldwebeltressen und den zweireihigen Anzügen, dann gebe ich auf. Ich weiß, ich sollte nicht aufgeben, ich sollte kämpfen, aber ich bin dann wie gelähmt. Und wie hypnotisiert starre ich auf ihre Dienstpistolen und Hundertmarkscheine, und schließlich bewege ich mich: um zu flüchten oder ihr Geld zu nehmen.
Und jetzt bin ich mit drin. Ich habe das Geld genommen und dann habe ich dem Kerl, von dem ich wußte, daß er etwas auf dem Kerbholz hat, zur Flucht verholfen, und dann, als mir der Polizeibeamte eine letzte Chance gab, habe ich sie verpaßt, und jetzt hänge ich mit drin. So eine Sauerei! Der Kerl hat eine Frau totgefahren. Hoffentlich erwischen sie ihn nicht.

Pause

Immerhin habe ich seine Nummer. S, U, acht sechs sechs. Ein Stuttgarter Wagen.

II.

ANSAGER: Drei Leute haben mit der Sache zu tun. Nummer zwei: der Manager.

Pause, Jazzcombo

SPRECHERGRUPPE:
Baden-Baden
Hotelterrasse
›Rialto‹, mit Schwimmbad,
Liegestühle Modell Palm Beach
Spesenrechnungen
›Besprechungen mit Geschäftsfreunden‹
Auch die Kosten einer Privatjacht
in Travemünde
oder Ascona
können jetzt als Repräsentations-Auslagen
abgeschrieben werden.
Die Camparigläser klirren
rot vor den Tannen
der schwarzen Wälder.
Silbersprühend
steigt Helen aus dem Bassin,
siebzehn,
Tochter von Direktor Soundso,
›Najade des Atomzeitalters‹,
Badeanzug von der Kö,
Süße Krabbe.
Man sollte eine Geliebte haben,
Aber dazu reicht die Zeit nicht.
Zwischen Terminen
Nur kurze Impressionen
als Ersatz
Zum Beispiel
vor Schwarzwaldtannen
Camparirot.

Noch ein paar Takte Musik. Dann Pause

MANAGER: Als ich heute morgen um fünf das Haus verließ, war es still. Ich war der erste auf. Gewöhnlich stehe ich erst um neun Uhr auf und bin gegen zehn Uhr im Büro, und um diese Zeit sitzt die Dame, mit der ich verheiratet bin, schon mit tadellosem Make-up bei ihrem Rohkostfrühstück im Garten. Man hat sie dazu erzogen, sich dem Herrn, mit dem sie verheiratet ist, und den Herren, mit denen sie nicht verheiratet ist, unter keinen Umständen anders als fix und fertig zu präsentieren, und weder ich noch die anderen Herren haben es jemals gewagt, ihr zu sagen, daß sie uns ein wenig weniger gerüstet, eine Spur unfrisierter und im Ganzen ruhig ein bißchen schlampiger lieber wäre. Na, sie ist jedenfalls, wie sie ist: immer auf dem Damm. Ich mache von unserer Ehe schon seit längerer Zeit keinen Gebrauch mehr und habe ihr dankbar dafür zu sein, daß sie diese Tatsache lediglich mit einer Art gereizter Lieblosigkeit quittiert, niemals aber Szenen macht oder ›das Thema zur Sprache bringt‹. Früher war sie schlank, und jetzt wird sie immer drahtiger, eine Dame von fünfzig Jahren, ein Produkt aus Rohkost, Tennis und Helena Rubinstein, alle Bücher lesend, zu denen ich keine Zeit habe, und wenn ich mal den Buick brauche, hat sie ihn mitgenommen, nach Salzburg oder Cannes, und gewöhnlich bringt sie sich dann Souvenirs mit, einen jungen Schauspieler oder Musiker, der so lange bei uns herumsitzt, bis ihm die Sache langweilig oder peinlich wird.

Pause

Wir haben zwei entzückende Töchter, zwölf und siebzehn Jahre alt. Sie sind süß anzusehen, aber ich sehe sie nur selten. Da ich keine Zeit und kein Geschick habe, mich um sie zu kümmern, wissen sie bereits ganz genau, daß sie die Kinder feiner Leute sind.

Pause

Wenn ich, wie gewöhnlich, um zehn Uhr das Haus verlasse, steht Walter bereit, um mich in den Laden zu fahren. Er hat dann den Wagen schon auf Hochglanz gewienert. Käthe hat mir um acht Uhr das Frühstück aufs Zimmer gebracht. Wir haben außer Käthe noch ein Zweitmädchen. Und natürlich eine Erzieherin.

Pause

Das ist also das Haus. Die Dame, die Kinder, der Chauffeur, die beiden Mädchen, die Erzieherin. Zusammen verbrauchen sie den größten Teil dessen, was ich verdiene. Die funktionierende Familie. Der Sinn des Lebens. Die Keimzelle der Gesellschaft. Das Haus ist groß, teuer, und im Stil neutral. Terrassierter Garten mit Schwimmbassin, satinbezogene Stühle und Schaukelbank, Bibliothek, die ich immer mal ordnen wollte, allerbeste Society-Lage, selten Besuche – ich gehe lieber mit den Leuten aus –, riesiges Aussichtsfenster mit Blick auf die Stadt, in der ich arbeite, offenbar zu dem Zweck arbeite, sie durch teures Kristallglas, drei Meter mal einsfünfzig, gelangweilt betrachten zu können. Ich habe keine Geliebte. Während der letzten zehn Jahre habe ich mir in Abständen von etwa zwei Jahren kurze Seitensprünge geleistet, mit einer Sekretärin, mit der Frau eines Geschäftsfreundes, mit Reisebekanntschaften im Hotel, jedesmal mit dem Resultat: es stand nicht dafür. Der Aufwand, den solche Dinge kosten, rentiert sich nicht.

Pause

Bleibt also die Arbeit. Bekanntlich die Erfüllung des männlichen Lebens. Ein Mann geht in seiner Arbeit auf. Darf ich gestehen, daß sie mich bereits seit einer Reihe von Jahren aufs äußerste langweilt, diese ununterbrochene Kette von Terminen, Konferenzen, Unterschriften, Besprechungen, Geschäftsreisen, dieses ganze Getue, das nur dazu dient, einen so gut wie automatischen Erfolg abzusichern? Diese stumpfsinnige Tüchtigkeit auf der Basis einfacher Marktaufteilung durch Kapitalgruppen, diese Mienen des Geschäftsinteresses in den unteren Rängen und des Zynismus in den oberen! Und wozu das Ganze? Zur Organisation der gewaltigsten Konsumgüterschwemme der Weltgeschichte, mit dem Ergebnis, daß meine Angestellten Eisschränke und Filme verbrauchen, und meine Familie Tennis und Salzburg. Es sollte mich begeistern, ich weiß, ich helfe mit, die Überlegenheit der freien Welt zu beweisen, aber irgendwie langweilt es mich. Am schlimmsten ist es, daß es mich schon langweilt, darüber nachzudenken, denn auch das ist eine Industrie geworden, dauernd lädt man mich zu Tagungen ein, auf denen darüber debattiert wird; die Industrie der Sinngebung läuft auf vollen Touren.

Pause

Ich habe mein Haus und meine Arbeit heute früh um fünf Uhr verlassen. Und alles wäre glattgegangen, wenn ich nicht die Kratzer an den rechten Kotflügel und die rechte Tür meines Autos bekommen hätte. Ich hatte meine Flucht tadellos vorbereitet, es wäre sozusagen die perfekte Flucht geworden, aber nun ist es eine Flucht mit einem Schönheitsfehler geworden. Mit einem scheußlichen Schönheitsfehler.

Pause

Seit Monaten schon habe ich den Konzern auf meine längere Abwesenheit vorbereitet. Ich habe die ärztlichen Gründe in einem gewissen Ausmaß geschildert und die richtigen Leute an die richtigen Plätze dirigiert. Zusammen mit meinem Anwalt habe ich alle nötigen testamentarischen Vorkehrungen getroffen. Ihn und den Arzt habe ich zu unbedingtem Schweigen verpflichtet; ich habe mir ihr Schweigen mit großen Legaten in meinem Testament erkauft. Worauf es mir ankam, war: die Flucht vor meiner Familie geheimzuhalten. Denn vor ihr flüchte ich. Ich habe alles geordnet: es wird der Dame, mit der ich verheiratet bin, an nichts fehlen, wenn ich nicht mehr bin. Aber ich will diese letzten Monate allein sein. Allein sein und leben. Ich habe Jahrzehnte damit verbracht, eine große Kristallglasscheibe in einer langweiligen Stadt zu bauen. Ich habe also meine Pflicht getan. Niemand wird es mir übelnehmen können, wenn ich die letzten Monate meines Lebens allein verbringe, allein und auf meine Weise: mit ein paar Landschaften und ein paar Städten, mit der See und mit den Flaschen, mit Schiffen und Kirchen, mit Blicken, mit letzten Illusionen und mit der großen Agonie. Ich hatte gehofft, heute früh damit beginnen zu können, frei zu sein. Aber jetzt sitze ich im Anblick dunkler Schwarzwaldtannen vor einem Glase Campari und empfinde nichts. Dieser dumme Zufall heute morgen hat alles verdorben. Er hat meine Flucht in die Freiheit in einen üblen Fall von Fahrerflucht verwandelt. Wenn der Mensch von der Tankstelle schweigt, findet mich die Polizei nicht. Ich habe meinen Wagen hier in einer zuverlässigen kleinen Werkstatt, bei einem Mann, der für viel Geld nicht redet. Ob ich das Mädchen getötet habe, oder nur verletzt? Ich will morgen in den Zeitungen nachsehen. Aber ich weiß, daß ich es getötet habe. Dies ist also das Ende meiner Laufbahn: eine Tote über dem Weg einer mißglückten Flucht. Ein scheußlicher

Schönheitsfehler. Ein dummer Zufall. Oder vielleicht doch kein Zufall? Vielleicht doch das Ende einer Kette? Wo begann sie? Kann ich mich noch daran erinnern?

Pause, Jazzcombo setzt wieder ein

SPRECHERGRUPPE:
Kurfürstendamm
Café Bristol
Fünf Uhr nachmittags im September
Mit dem Wagen am Wannsee gewesen.
Norddeutscher Herbst
Kühl, durchsichtig
Jetzt Tee mit Rum
Leises Klirren der Tassen
Mary Lou am Nebentisch
Blicke unter Augenwimpern
Im Berliner Tageblatt
ein Aufsatz über Alexandra Kollontai und die freie Liebe
Graublauer Abend
dann die ersten Lichtreklamen
von Arbeitslosen betrachtet.
Die zyklische Krise
Und die käufliche Liebe
Der Herbst des Kapitalismus
Graublau phosphoreszierend
Im Blick von Mary Lou
Um fünf Uhr nachmittags im September
Im Café Bristol
Am Kurfürstendamm.

Noch ein paar Takte Musik, dann Pause

MANAGER: Während ich scheinbar im Berliner Tageblatt las, überlegte ich, ob ich Mary Lou wieder einmal zum Essen einladen sollte. Sie saß am Nebentisch, im Gespräch mit einem Herrn, den ich nicht kannte, einem Roué älteren Semesters, für den sie eigentlich zu schade war, und manchmal wechselte ich einen Blick mit ihr. Mary Lou war reizend, Arztgattin, und sie verdiente sich ihr Taschengeld auf diese Weise, niemand nahm es ihr übel. Wir waren damals alle sehr tolerant und modern und großzügig. Ich war mit Steffen verabredet, Steffen von der Rölling-Zoch AG, unserer Konkurrenz. Ich war gespannt, was er von mir wollte, wir kannten uns nur von Branchen-Sitzungen. Er kam zehn Minuten nach fünf ins Bristol und entschuldigte sich vielmals wegen der Verspätung, er sei wegen einer Arbeitslosendemonstration am Potsdamer Platz mit dem Wagen blockiert gewesen, und während er erklärte, das mit den Arbeitslosen müsse jetzt bald aufhören, und sich Kaffee und Cognac bestellte, tauschte ich nochmals Blicke mit Mary Lou – ich war damals, 1932, noch nicht verheiratet –, ein Gespräch in Blicken fand statt.

Pause, Raumwechsel

MARY LOU: Wie findest du den Herrn, der bei mir sitzt?
MANAGER: Schrecklich.
MARY LOU: Er *ist* schrecklich.
MANAGER: Schick ihn weg!
MARY LOU: Soll ich?
MANAGER: Ja. Ich bin um sechs Uhr frei.
MARY LOU: Gut, ich werde warten, bis du Zeit hast.
MANAGER: Es wird nicht lange dauern. Wir fahren nachher nach Sakrow raus und essen im Seegarten.
MARY LOU: Fein, ich fahre so gern Auto.
MANAGER: Also bis nachher!
MARY LOU: Ich freu mich.
MANAGER: Tschüs! Bis nachher!

Raumwechsel

Pause

Steffen bot mir aus seinem silbernen Zigarettenetui an, ich dankte, weil ich damals Nichtraucher war, und er sagte: »Dann wollen wir zur Sache kommen.«

Raumwechsel

STEFFEN: Hören Sie, es geht um folgendes: wir haben ein starkes Aktienpaket Ihrer Firma angeboten bekommen, natürlich nicht die Majorität, die liegt ja bei der Familie, aber doch eine starke Minorität, die uns eine gewisse Einflußnahme sichern würde, und wir denken daran, dieses Angebot auszunutzen. Aber wir können die Aktien nicht selbst übernehmen, das wird Ihnen klar sein, die Rölling-Zoch AG kann nicht innerhalb einer Firma, an der sie sich beteiligt, in der Minderheit bleiben.

Raumwechsel

MANAGER: Ich weiß nicht, ob er mir damals diesen Tatbestand so direkt mitteilte, wie ich das hier wiedergebe. Wahrscheinlich hat er mir die ungeheuerliche Absicht von Rölling-Zoch, die Firma zu schlucken, bei der ich Verkaufsdirektor war, die größte Konkurrenz für Rölling-Zoch in der ganzen Branche, etwas langsamer und diplomatischer serviert. Ich war baff.

Raumwechsel

Nun erzählen Sie mir bitte, warum Sie das ausgerechnet mir mitteilen, Herr Steffen? Sie wissen doch, daß ich verpflichtet bin, dies alles sofort Herrn Geheimrat Baumann mitzuteilen.

STEFFEN: Das werden Sie sich überlegen, wenn Sie mich bitte noch einen Moment anhören wollen.

MANAGER: Bitte sehr!

STEFFEN: Wir könnten uns nämlich vorstellen, daß Sie der geeignete Juniorpartner für Geheimrat Baumann wären.

Raumwechsel

MANAGER: Er machte sich keine Mühe mit dem Sack, in dem er die Katze verborgen gehalten hatte. Er ließ sie mit einem Satz heraus. Und ich – ich tat eine Weile so, als verstände ich ihn nicht. Ich begriff, daß ich Zeit gewinnen mußte, und hielt ihn durch Fragen hin.

Raumwechsel

STEFFEN: Na, sehen Sie, das ist doch ganz einfach: Sie treten auf dem Aktienmarkt als der Käufer der Baumann-Minorität auf.

MANAGER: Aber ich habe doch gar nicht das Geld dazu.

STEFFEN: Die erforderliche Summe strecken wir Ihnen vor.

MANAGER: Und wie würde ich sie zurückzahlen – gesetzt den Fall, ich ginge auf dieses Angebot ein?

STEFFEN: Das ist doch nur eine Formalität. Wir machen das mit einem einfachen Schuldschein, auf den Sie uns in den nächsten zwanzig Jahren nur die Zinsen zu bezahlen haben, sagen wir 2 1/2 Prozent.

MANAGER: Und worin würde meine tatsächliche Gegenleistung bestehen? Ich nehme doch nicht an, daß mir die Rölling-Zoch AG meiner schönen Augen wegen plötzlich eine Kapitalbeteiligung bei Baumann schenken will.

STEFFEN: Nein, natürlich nicht. Sehen Sie, wir denken auf ziemlich lange Sicht. Geheimrat Baumann ist achtzig, er wird es vielleicht noch zwei, vielleicht noch fünf Jahre machen. Wenn er stirbt, zersplittert die Familienmajorität sofort in zwanzig kleine Interessengruppen, die sich spinnefeind sind. Dann kann man die Majorität erwerben und dann brauchen wir einen Mann mitten im Baumann-Lager, der bereit ist, die Fusion mit Rölling-Zoch zu vollziehen. Haben Sie kapiert?

Raumwechsel

MANAGER: Ich hatte kapiert. Fast abwechselnd beobachtete ich, wie der Herr an Mary Lous Tisch aufstand und wegging, mit einem geröteten und peinlich berührten Gesicht – Mary Lou konnte ziemlich gefühllos sein. Ich hatte kapiert, daß dies meine Stunde war, die Stunde, in der ich mir die Hände schmutzig machen konnte, um Macht zu erwerben. Ich war mit 32 Jahren bereits Verkaufsdirektor eines der größten Unternehmen meiner Branche, aber es war ein Aufstieg aus Tüchtigkeit, Begabung und Intelligenz gewesen. Wenn ich Steffens Angebot annahm, würde berufliche Tüchtigkeit umschlagen in Handhabung von Macht.

Raumwechsel

Ehe ich mich entscheide, Herr Steffen, möchte ich gerne wissen, warum Rölling-Zoch sich entschlossen hat, mit diesem Vorschlag gerade zu mir zu kommen?

STEFFEN: Weil wir Sie für den fähigsten Mann in Ihrer Firma halten. Den Mann, der am klarsten erkennt, daß die Zukunft der Industrie in der Konzern-Bildung liegt.

Raumwechsel

MANAGER: Er sagte mir noch mehr Schmeichelhaftes. Er schmierte es mir ganz dick aufs Brot. Aber ich wußte schon, was die Phrase »Der fähigste Mann« zu bedeuten hatte. Sie bedeutete: Der käuflichste Mann. Und Steffen bestätigte es mir versehentlich, ehe er ging. Als ich ihn fragte, wie ich es Geheimrat Baumann erklären solle, daß ich plötzlich im Besitz von Aktien sei, erwiderte er:

Raumwechsel

STEFFEN: Sie brauchen gar nichts zu erklären. Und wenn Sie wirklich Bedenken haben, dann können Sie sich ja selber noch einen Strohmann suchen.

Raumwechsel

MANAGER: Einen Strohmann – das war es, was sie brauchten. Ich sah ihm haßerfüllt nach, als er das Bristol verließ. Ich dachte: wenn ich darauf eingehe, wird Steffen der erste sein, den ich über die Klinge springen lasse. Er wird sich noch wundern, was für einen Strohmann ich abgebe. Wir hatten vorher noch vereinbart, daß ich ihn im Laufe des nächsten Tages anrufen würde, um ihm meine Entscheidung mitzuteilen.

Pause

Dann ging ich zu Mary Lou hinüber und wir fuhren zusammen nach Sakrow und aßen Forellen und tranken Weißwein und dann fuhren wir zu Mampe und tranken Punsch, und in der Nacht lag ich wach, ich unterschied undeutlich die Gegenstände in dem kleinen, komfortablen Hotelzimmer, und auch Mary Lou lag wach, wir sprachen miteinander, nicht mit Worten, sondern mit Gedanken, und unser Zwiegespräch lautete ungefähr so:

Pause

Raumwechsel

MARY LOU: Du warst heute nicht sehr zärtlich zu mir. Nicht wie sonst.
MANAGER: Ich weiß. Ich habe heute überhaupt nicht an dich gedacht.
MARY LOU: Woran denn?
MANAGER: An die Macht.
MARY LOU: Ist sie so wichtig?
MANAGER: Sie ist sehr wichtig.
MARY LOU: Ich finde es netter, wenn du zärtlich bist. Zärtlich und genießerisch. Und wenn du mir das Geld ein bißchen verlegen gibst, so, als wolltest du dich noch dafür entschuldigen.
MANAGER: Heute habe ich zu allererst daran gedacht, daß ich dich gekauft habe.
MARY LOU: Oh pfui!
MANAGER: Sag das noch einmal!

Raumwechsel

Pause

Sie sagte es noch einmal und nachher rauchte sie im Dunkeln und auch ich tastete plötzlich nach ihrer Zigarettenschachtel und rauchte. Ich war bis dahin Nichtraucher gewesen, ein tüchtiger, intelligenter Nichtraucher mit dem Aufstieg eines Nichtrauchers, aber am nächsten Tag rief ich Steffen an und ergriff die Macht, ich wurde der unbequemste Strohmann, den sich die Rölling-Zoch AG jemals geholt hat, ich schaltete Steffen aus und nun bin ich schon seit Jahren Generaldirektor von Rölling-Zoch, der mächtigste Mann im Laden, und ich begann zu rauchen, in gewissen Zeiten war ich Kettenraucher

Pause

und das ist der Grund, warum ich heute früh geflohen bin, mein Haus verlassen habe, warum ich jetzt hier sitze, in einem fashionablen Hotel in Baden-Baden, im Angesicht der Schwarzwald-Tannen vor einem Glas Campari, und bis vor ein paar Stunden noch fest entschlossen, die letzten Monate meines Lebens allein zu verbringen, allein und ohne die Macht: mit ein paar Landschaften und ein paar Städten, mit Blicken, mit letzten Illusionen und mit der großen Agonie.

Pause

Es hat ganz klein begonnen; viele Jahre nach der ersten Zigarette, in den Jahren nach dem Krieg war's, so um 1947 herum, oder 1948, daß ich zum erstenmal etwas spürte. Es war nicht mehr als ein feines, undeutliches Kratzen, so, als hätte ich eine ganz kleine Stecknadel in der Brust und als riebe sich etwas an ihrer Spitze, so daß ich husten mußte, nein, nicht husten, sondern ich mußte mich nur ein bißchen räuspern, das hielt sich lange so, über Jahre, es wurde eine Angewohnheit, manchmal verschluckte ich mich auch, und 1952 ließ ich mich operieren, ein kleiner Tumor, sagten die Ärzte damals, nichts Schlimmes, damit können Sie neunzig werden, und es war auch wirklich eine lange Zeit hindurch gut, ich mußte mich nur noch selten räuspern, bis 1954 oder 1955, da begann das Kratzen wieder, ich spürte wieder die Stecknadel. Von da an habe ich nichts mehr dagegen getan und es verlief so, wie ich es erwartete: es blieb noch eine lange Zeit hindurch konstant, ich schränkte das Rauchen ein und ich trank Milch und machte ein bißchen autosuggestives Training – man ahnt gar nicht, wie lange man sich mit Autosuggestion halten kann –, aber vor einem halben Jahr breitete sich das, was ich ›das Gefühl‹ nenne, in meiner Brust aus, ich hatte ein Gefühl der Schwere in der Brust, und als ich zu Professor Wiesner ging und er mich untersuchte, redete er eine Weile um den heißen Brei herum, aber ich forderte die Wahrheit von ihm, die Wahrheit und die Geheimhaltung, auf seinen hippokratischen Eid, und schließlich sagte er sie mir: Lungenkrebs in fortgeschrittenem Stadium. Er schlug mir verschiedene Behandlungsmethoden vor, aber ich fragte ihn nach der voraussichtlichen Lebensdauer und erfuhr, daß ich noch ein halbes Jahr bis ein Jahr zur Verfügung hätte; ich brauchte ein paar Monate, um alles für meinen Ausbruch vorzubereiten, und nun hätte ich, wenn alles gut gegangen wäre, noch ein schönes halbes Jahr vor mir gehabt. Ein halbes Jahr ohne die schmutzigen Hände und ohne die Dame, mit der ich verheiratet bin, ein halbes Jahr ohne die Macht und das Haus, ein halbes Jahr allein.

Pause

Es ist aber nicht gut gegangen. Es ist schief gegangen. Wenn man an das Todesurteil denkt, das ich in der Tasche habe, wird man vielleicht verstehen, warum ich heute morgen die Flucht ergriff, die Fahrerflucht, von Entsetzen geschüttelt, als ich das Gesicht des Mädchens erblickte, das Gesicht einer Toten. Denn es war das Gesicht einer Toten, das mich anstarrte, als ich einen Moment lang bremste und anhielt; das Gesicht des Todes, mit verdrehten Augen und bläulich geplatzter Schläfe, jener Schläfe, die ich, im Hundert-Kilometer-Tempo fahrend, an einen Baum geschmettert hatte. Ich habe hinter ihr gehupt und sie muß erschrocken sein, sie geriet mit dem Fahrrad ins Schwanken und ich erfaßte sie mit dem rechten Kotflügel und schleuderte sie förmlich durch die Luft, und dann hielt ich.

Pause

Und dann fuhr ich weiter. Ich dachte nur: das kann doch nicht wahr sein, und ich dachte: ich will mein halbes Jahr, mein halbes Jahr Frist.

Pause

In dieser Minute, vor einem Glas Campari sitzend, weiß ich, daß ich zweimal in meinem Leben die Kontrolle über mich selbst verloren habe. Das erstemal, als ich nach Mary Lous Zigarettenschachtel griff. Das zweitemal, als ich heute besinnungslos davonfuhr, nachdem ich dieses Mädchen getötet hatte. Und ich spüre, daß diese beiden Handlungen miteinander zusammenhängen. Ich kann mir nicht recht erklären, in welcher Weise sie zusammenhängen, aber sie hängen zusammen.

Pause

Mein halbes Jahr ist aus. Es wird keine Landschaften und Städte geben, keine Blicke, keine letzten Illusionen. Es wird nur den Blick in ein Paar verdrehte Augen geben, den illusionslosen Anblick einer bläulich gefärbten Schläfe, das Aug in Auge mit der Sinnlosigkeit.

Pause

Dieser Mensch an der Tankstelle wird mich vielleicht anzeigen. Wenn er erfährt, um was es sich handelt, wird er mich anzeigen, um nicht mit drin zu hängen, falls die Polizei mich auf anderem Wege ermittelt. Er muß meine Autonummer haben.

Pause

Aber ich werde es trotzdem riskieren, mich nicht zu melden. Das Mädchen ist tot, und ich werde in einem halben Jahr tot sein. Oder eher. Es ist niemandem damit gedient, daß ich mich selbst anzeige. Ich kann die Verwandten des Mädchens ermitteln und sie in einem Zusatz-Legat meines Testaments bedenken, falls sie es nötig haben. Wer dieses Mädchen wohl war? Sie tut mir leid.

Pause

Aber merkwürdigerweise empfinde ich keine Reue. Ich habe nicht das Bedürfnis, Buße zu tun. Und das allermerkwürdigste ist es, daß mich, vor meinem Campari sitzend, die Aussicht beinahe befriedigt: die Aussicht, noch ein halbes Jahr ausharren zu müssen, ohne alle Illusionen, Aug in Auge mit der Sinnlosigkeit.

III.

Ansager: Drei Leute haben mit der Sache zu tun. Nummer drei: das Mädchen.

Pause, Jazzcombo

Sprechergruppe:
Schloßplatz
Ecke Parkallee
Kastanien und grauer Sandstein
Leder und Juwelen
Armbanduhren und Hüfthalter
in Chrom eingefaßt
und hinter Glas.
Geflüster und Intrigen
Fräulein Müller ist im Wagen des Juniorchefs gesehen worden.
Leichte Preiserhöhung bei Hemden

Die neue Lippenstiftfarbe heißt
›Bleiches Korallenrot‹.
Die Korallenriffe
werden für die Pan American Airlines
in Chrom gefaßt.
Sie werden von niemand mehr erblickt
außer vom Bromsilber
des Fotopapiers.
Das Alte Schloß ist soeben in Kunstgewerbe verwandelt
worden.
Man trägt Schwarz
und jene satte Unruhe
wie sie der Devisenbestand
der Bank deutscher Länder
verleiht.
Im Glas spiegeln sich
Kastanien und grauer Sandstein
Korallenrot
Schwarze Unruhe
Intrigen
Preiserhöhungen
und Bromsilber-Chrom:
die Welt ist eine Fotografie.

Noch ein paar Takte Musik, dann Pause

MÄDCHEN: Die Anni sagt immer, ich sei unnatürlich, weil ich mir nichts aus den ganzen Sachen mache, die wir im Laden haben. Aus den Nylonblusen und den Strümpfen und der feinen Wäsche. Aber ich finde die Anni blöd, weil sie sich für überhaupt nichts anderes interessiert. Der Chef hat mich in die Herrenabteilung gesteckt, weil ich mit den Herrensachen viel mehr anfangen kann, mit den festen ordentlichen Stoffen, aus denen die Sachen für Männer gemacht werden, so ein richtiges englisches Tweedjackett zum Beispiel finde ich wunderbar, oder eine Hose aus dickem Männerflanell oder Kammgarn – am liebsten würde ich mich anziehen wie ein Mann. Der Chef hat gelacht, als er es hörte, und er hat gesagt: »Komisch – dabei sehen Sie gar nicht aus wie ein Mann!« Und er hat gesagt: »Sie sind ja unbezahlbar für meine Herrenabteilung – jemand, der so wenig wie ein Mann aussieht und sich dabei so für Herrengarderobe interessiert!« Seitdem verkaufe ich Tweedjacketts und Flanellhosen und Herrenhemden, und ich mag Männer nicht, die Nylonhemden oder Popeline-Jacketts oder Kunstseidekrawatten kaufen, Männer sollten Sachen aus Wolle oder Baumwolle oder Leinen oder hartem festen Gabardine oder Cord anziehen. Und Frauen eigentlich auch. Ich rate den Herren immer zu den festen guten Qualitäten, und wenn sie über die Preise stöhnen, dann zeige ich ihnen den Unterschied zwischen einem wertvollen, festen, dicht geschlagenen Wollstoff und einem billigen, lockeren Mischgewebe, und beweise ihnen, daß sie billiger kaufen, wenn sie teuer kaufen. Ich selbst habe mir ein Kostüm aus einem dünnen grauen und erstklassigen Tweed machen lassen, und darunter trage ich weiße Leinenblusen, Blusen aus ganz leicht nach Gelb hinüberspielendem Weiß, die sehr gut zu meinem braunen Teint passen, und meine schwarzen Haare habe ich straff nach hinten gekämmt und ganz hoch am Kopf zu einem Pferdeschwanz zusammengebunden. Ich bin nur ein Lehrmädchen, aber ich habe schon Stammkundschaft, der Chef behandelt mich wie ein rohes Ei und die Direktrice der Herrenabteilung ist sehr freundlich zu mir, ein kleines bißchen giftig, aber freundlich. Und wahrscheinlich mag sie mich sogar ganz gern.

Pause

Ich habe Stammkunden, aber sie interessieren mich nicht sehr, obwohl ich weiß, warum sie zu mir kommen. Warum sie sich von mir beraten lassen, obwohl ich so jung bin. Ich kann sie um den Finger wickeln – aber ich verstehe auch etwas von Stoffen; ich habe die Materialkunde schnell gelernt. Manchmal kommandiere ich die Kunden einfach herum, das macht mir Spaß, aber eigentlich interessieren sie mich nicht. Was mich interessiert, das sind die Stoffe. Aber heute abend ist ein Kunde gekommen, der hat mich interessiert.

Pause

Manchmal frage ich mich selber, ob es stimmt, was die Anni sagt: daß ich unnatürlich bin, weil ich nichts mit den feinen Damensachen anfangen kann. Ich finde es nur einfach blöd, daß ich Nylonstrümpfe tragen muß, und feine Wäsche, und daß ich wissen muß, welche Nagellackfarbe zu meiner Haut paßt. Übrigens verstehe ich auch davon mehr als die Anni, die ihre Nägel mit einem ganz unmöglichen Rot anstreicht, und einen Haufen Geld für ihre scheußlichen Frisuren ausgibt. Ich möchte anders sein. Ich möchte hart und fest und sauber sein, wie ... wie ...

Pause

Einmal, als ich gerade einen Kunden bediente, habe ich den Chef, der mich beobachtete, zur Direktrice sagen hören: »Sie ist ein kleines Biest!« Seitdem weiß ich, wie ich sein möchte. Ein Biest – das ist doch ein Tier. Oh ja, ich möchte wie ein kleines, hartes, festes, sauberes Tier sein. Ich liebe Tiere. Am liebsten habe ich Pferde. Einmal habe ich Pferde ganz nah gesehen, auf dem Land, in einem Stall. Ich hatte nicht die geringste Furcht vor ihnen. Da war ein junges Pferd, kein Fohlen mehr, sondern schon eine junge Stute; ich habe gewartet, bis die anderen, mit denen ich aufs Land gefahren war, den Stall verlassen haben, und dann bin ich zu der jungen Stute hingegangen und habe ihre Schnauze umarmt. Sie roch wunderbar und ihr Fell war hart und sauber und ganz glatt und ich dachte: ich möchte so ein Fell tragen. Als ich die Stute losließ, stand ein Stallknecht neben mir und sagte: »Na, Sie sind scheint's an Pferde gewöhnt, Fräuleinchen.« Ich bin gar nicht an Pferde gewöhnt, aber seitdem ist es mein heißester Wunsch, reiten zu können, ich weiß, ich würde eine wunderbare Reiterin werden, aber natürlich ist gar nicht daran zu denken, mein Vater ist ein kleiner Postbeamter, und nach der Volksschule mußte ich ein Lehrmädchen werden. Vielleicht werde ich einmal so viel Geld verdienen, daß ich Reitstunden nehmen kann, oder vielleicht heiratet mich ein Reicher, aber dann wird es zu spät sein. Jetzt müßte ich anfangen, zu reiten, jetzt, solange noch dieser rasende Wunsch in mir ist, aus einem gepflegten kleinen Biest von Ladenmädchen ein hartes, sauberes, glattes Tier zu werden, eine feste kleine Stute mit einem Stutenfell.

Pause

Damit hängt es zusammen, daß mich der Kunde heute abend gleich so interessiert hat.

Pause, Jazzcombo

SPRECHERGRUPPE:

Kentucky
Blaue Weide
Riesige rote barns
manchmal von Tornados getroffen.
Vollblut in Herden
Rappen

in blauem Gras.
Das harte Knappern
des weidenden Pferdemauls.
Orlando, Sieger des Derbys von Saratoga,
allein hinter weißem Staketenzaun.
Geruch von Sätteln
und Buchmacherei.
Gary Cooper, ehe er nach Hollywood ging,
und Henry Wallace, die Chancen einer sozialistischen
Agrarpartei erwägend
und verwerfend.
Die letzten Liberalen
und die Männer von Peitsche und Sporen.
Die Freiheit
neben der Gesetzlosigkeit.
Das Gefühl des Reitens
im Vergleich zum Gefühl des Gehens.
Man schwebt,
das Fell der schwarzen Stute
zwischen den Schenkeln
über blauen Weiden.
Kentucky.

Noch ein paar Takte Musik, dann Pause

MÄDCHEN: Der Kunde war ein Chinese. Ein amerikanischer Chinese. Unser Geschäft ist am Bahnhofsplatz und wir haben alle Arten von Kunden. Auch amerikanische Chinesen habe ich schon öfters bedient. Die Amerikaner nennen sie ›Chincks‹. Dieser Chinck war jung. Er verlangte ein Nylonhemd. Ich legte ihm Nylonhemden vor und ein paar Leinenhemden daneben und fragte ihn, ob er nicht lieber ein Leinenhemd wolle, aber er sagte ganz ruhig, er zöge Nylonhemden vor – er sprach ein ziemlich gutes Deutsch –, und er sagte es so, daß ich auf einmal fühlte, es wäre Unsinn, ihm noch länger von

Leinenhemden zu sprechen. Er war also eigentlich gar nicht mein Fall, aber während ich sonst, wenn ich einen Kunden bediene, zugleich beobachte, was alles noch im Laden vorgeht, sah ich diesmal nur diesen Chinck und sonst nichts. Dabei tat er überhaupt nichts, um meine Aufmerksamkeit zu erzwingen, sondern er prüfte nur die Hemden, er sah mich kaum an, und als er ein Hemd gewählt hatte und ich ihm den Kassenzettel gab, fragte er, wann wir Geschäftsschluß hätten, ob er mich nach Geschäftsschluß abholen und mich zum Abendessen einladen dürfe. Es war nicht das erstemal, daß mir ein solches Angebot gemacht wurde, und ich muß zugeben, daß ich auch schon ein paarmal solche Angebote angenommen habe, aber es war nie so, daß ich es mir nicht genau überlegt hatte, ehe ich ja sagte. Diesmal habe ich es mir nicht überlegt. Ich hatte einfach keine Möglichkeit, es mir zu überlegen, denn der junge Chinese sprach mit einer kühlen Selbstverständlichkeit, wie ich sie noch nie erlebt habe. Sonst, wenn mir ein solcher Vorschlag gemacht wird, sind die Männer entweder verlegen, oder sie machen sich stark, oder sie witzeln oder tun falsch väterlich. Dieser hier stellte einfach nur seine Frage, kühl und sachlich, aber unter seiner kühlen Höflichkeit spürte ich etwas, das sich anfühlte wie Stahl, und ich sagte, wir schlössen um sechs. Er sagte, er würde da sein, und dann ging er zur Kasse, ich brachte das Hemd zum Packtisch, und dann ging ich rasch einen Augenblick nach hinten. Die Anni sah mich und sagte, ich sähe aus, als hätte ich soeben ein Gespenst gesehen.

Pause

Als ich um zehn nach sechs aus dem Geschäft kam, stand er da. Er hatte einen Anzug aus blauer Rohseide an und das neue Nylonhemd – er ist überhaupt nicht mein Fall, dachte ich, er ist genau so angezogen, wie Männer nicht angezogen sein sollten, aber es war zu spät – und wir gingen zu seinem Auto. Er hatte einen mächtigen, knallroten, verbeulten alten Chevrolet. Wir setzten uns rein und er stellte sich vor. »Wong«, sagte er, »Jimmy Wong.« Ich nannte meinen Namen. Während er fuhr, konnte ich ihn beobachten: er war ziemlich jung und unter der Rohseide und dem Nylon war er mager und hart, obwohl er eine gelblich-braune Haut hatte, die so glatt war wie seine Rohseide. Es war scheußlich heiß heute abend, aber seine Haut war vollständig trocken; kühl, aufmerksam und beweglich lenkte er das Auto durch den Stoßverkehr. Er fragte mich nicht, wo wir hin wollten, sondern er fuhr zum Restaurant Schönblick, und es stellte sich heraus, daß er einen Tisch bestellt hatte. So etwas war mir noch nie passiert und ich fand es riesig nett.

Pause

Er hatte auch schon das Menü bestellt. Es gab Weinbergschnecken und gedünstetes Kalbfleisch mit gebratenen Bananen und Reis, und hinterher Cassata. Wir tranken Weißwein dazu. Ich protestierte.

Raumwechsel

Sie dürfen nicht soviel Geld ausgeben für mich!
WONG: Solange ich hier bei der Armee bin, habe ich Geld genug.
MÄDCHEN: Wie lange müssen Sie noch Soldat sein?
WONG: Drei Monate.
MÄDCHEN: Und dann?
WONG: Zurück nach den Staaten.
MÄDCHEN: Wo sind Sie zu Hause?
WONG: Kentucky.

MÄDCHEN: Und was werden Sie machen, wenn Sie wieder in Kentucky sind?
WONG: Ich bin Jockey.

Raumwechsel

MÄDCHEN: Da wußte ich, warum ich auf diesen Kunden hereingefallen war. Er war ein Mann, der mit Pferden zu tun hatte, und ich muß es gespürt haben. Er kam von den Pferden her auf mich zu.

Raumwechsel

WONG: Ich eigne mich sehr gut zum Jockey, müssen Sie wissen, weil ich so klein und leicht bin und trotzdem sehr stark. Da – fühlen Sie mal!

Raumwechsel

MÄDCHEN: Er bog seinen rechten Arm ab, ganz ungeniert, und ich faßte die Muskeln seines Oberarms an. Es war, als berührte ich eine mit Rohseide überzogene Stahltrosse.

Raumwechsel

WONG: Ich bin eigentlich aus San Franzisko, meine Eltern haben dort eine Wäscherei, aber eines Tages lernte ich einen Mann kennen, der mich mitnahm nach Kentucky. Er sagte, ich gäbe einen wunderbaren Jockey ab, so wie ich gebaut sei. In Kentucky gibt es eine Masse Pferde. Der Mann, der mich mitnahm, ist ein großer Züchter, er hat auch ein Renngestüt und er »baut mich auf«, wie sie dort sagen. Für die großen Rennen bin ich noch zu jung, aber in ein paar Jahren ist es soweit und dann werde ich viel Geld verdienen.

Raumwechsel

MÄDCHEN: Ich wurde ganz traurig, als er mir von den Pferden in Kentucky erzählte, aber ich brachte es nicht über mich, ihm etwas von meiner Liebe zu Pferden zu sagen, es hätte albern geklungen, einem Jockey zu erzählen, daß ich ein einzigesmal die Schnauze einer Stute umarmt habe. Ich traute darum meinen Ohren nicht, als ich ihn sagen hörte:

Raumwechsel

WONG: Ich werde Sie ein bißchen trainieren.
MÄDCHEN: *Was* wollen Sie tun?
WONG: Ich werde ein bißchen mit Ihnen arbeiten.
MÄDCHEN: Sie meinen ... mit Pferden?
WONG: Ja, mit Ihnen und Pferden.
MÄDCHEN: Wie kommen Sie denn auf *die* Idee?
WONG: Weshalb glauben Sie denn, daß ich Sie heute abend eingeladen habe? Natürlich auch, weil Sie mir gefallen. Aber als Sie mit Ihren scheußlichen Leinenhemden anfingen, habe ich Sie mir angesehen. Sie würden eine sehr gute Reiterin abgeben.
MÄDCHEN: So – und woran sieht man das?
WONG: Sie sind nicht sehr groß, schlank und fest gebaut. Sie haben relativ lange Beine und einen kurzen Oberkörper. Sie sind jetzt nicht sehr kräftig, aber im Training werden Sie kräftig werden. Ihre Hände sind hart und zugleich sieht man, daß sie fühlen können. Sie haben einen guten Geruch an sich, nicht nur ein Parfüm. Pferde lieben es, wenn der Reiter gut riecht.

Raumwechsel

MÄDCHEN: Ich war starr. Er hatte mich also von oben bis unten taxiert, vorhin, im Laden. Es war ziemlich unverschämt. Aber es war zugleich außerordentlich angenehm. Noch nie hatte ein Mann so mit mir geredet.

Raumwechsel

Aber ich habe bisher nichts mit Pferden zu tun gehabt.

WONG: Ja, es wird höchste Zeit, daß Sie anfangen.

MÄDCHEN: Wie denn anfangen?

WONG: Ah, es wird furchtbar langweilig sein für Sie. Versprechen Sie sich nur nicht zuviel davon. Sie müssen zuerst nur Gymnastik am Pferd machen und ich werde Ihr Pferd an die Longe nehmen und immer im Kreis herumführen. – Wann beginnt Ihre Arbeitszeit?

MÄDCHEN: Morgens um neun.

WONG: Ausgezeichnet. Dann können wir von sechs bis sieben Uhr miteinander arbeiten. Das läßt Ihnen zwei Stunden Zeit, auszuruhen, zu frühstücken und sich fürs Geschäft umzuziehen. Ich habe, glaube ich, ein Paar alte Reithosen für Sie, die Ihnen passen könnten.

Raumwechsel

MÄDCHEN: Ich war während unseres Gesprächs und bin jetzt noch entsetzt darüber, daß ich mich ohne jede Gegenwehr allem gefügt habe, was er vorschlug. Ich hätte wenigstens so tun müssen, als zögerte ich. Aber er ist ein Mann, bei dem man fühlt, daß es sinnlos ist, die üblichen Tricks anzuwenden. Er ist ein Mann, der ein Nylonhemd kauft, wenn er sich entschlossen hat, ein Nylonhemd und nichts anderes zu kaufen. Dabei ist er gar nicht herrisch. Er ist von kühler, bestimmter Höflichkeit. Vielleicht bin ich auf ihn hereingefallen, weil er natürlich etwas Exotisches an sich hatte; er war genauso, wie man sich einen Chinesen vorstellt. Ich war wie hypnotisiert von ihm.

Pause

Und dann hatte ich natürlich das Gefühl, daß etwas auf mich zukam. Die Pferde kamen auf mich zu. Aus China und Kentucky kamen die Pferde auf mich zu und trabten in mein Ladenmädchen-Dasein hinein und zerfetzten mit ihren Hufen die Nylonstrümpfe und die feine Wäsche im Laden meines Chefs, und ich trabte schwesterlich mit ihnen, ich wurde aus einem gepflegten kleinen Ladenmädchen zu einer harten, schwarzen kleinen Stute – einer Stute an der Longe von Jimmy Wong.

Pause

Ich raffte mich zu einem matten Widerstand auf. Er konnte ja auch ein Schwindler sein.

Raumwechsel

Ich denke, Sie sind bei der Armee? Läßt Ihnen der Dienst denn soviel Zeit?

WONG: Wozu, glauben Sie, verwendet die Armee einen Mann wie mich? Ich bin zum Reitstall des Hauptquartiers abkommandiert. Und sie lassen mich machen, was ich will. Ich kann Sie natürlich nicht dort trainieren, das wäre gegen die regulations. Aber ich arbeite morgens in einem kleinen deutschen Stall, für mich privat, sie haben da ein paar erstklassige Hannoveraner, der General ist mit der deutschen Dame befreundet, der der Stall gehört – also da kann ich Sie morgens eine Stunde mit hineinnehmen.

Raumwechsel

MÄDCHEN: Ich kapitulierte. Ich fühlte mich wie eines von den Mädchen, die zum Film wollen und zum erstenmal von einem Produzenten eingeladen worden sind. Der Unterschied war nur, daß Jimmy Wong gar nicht wissen konnte, wie scharf ich auf das war, was er mir anbot. Und er benahm sich nicht so, wie man sagt, daß sich Filmproduzenten benehmen. Er fuhr mich nach Hause, und als wir angekommen waren, blieb er am Steuer sitzen, ich dachte, jetzt geht es los, jetzt wird er versuchen, mich zu küssen, wie es die anderen, mit denen ich ausgegangen bin, auch immer versucht haben, aber er tat nichts dergleichen, sondern er fragte plötzlich:

Raumwechsel

WONG: Können Sie Chop-Suey kochen?

MÄDCHEN: Nein. Ich habe es einmal gegessen, im Chinesischen Restaurant, aber ich weiß nicht, wie man es macht.

WONG: Es ist ganz einfach. Sie brauchen dazu Hühnerfleisch, Schweinefleisch, Schinken und Speck.

MÄDCHEN *spöttisch:* Ziemlich einfach.

WONG: Sie müssen diese vier verschiedenen Fleischsorten jede für sich in Öl backen. In Öl oder auch in Speck. Und mit Sojabohnen-Extrakt.

MÄDCHEN: Man muß also möglichst vier verschiedene Pfannen haben?

WONG: Wir haben dafür kleine Tiegel. Sie sind sehr hübsch.

MÄDCHEN: Und dann?

WONG: Dann schneidet man Paprikaschoten, Lauch und Zwiebeln in längliche Streifen und dünstet sie, jede für sich, mit Sojabohnen-Extrakt.

MÄDCHEN: Ich zähle bereits sieben von Ihren hübschen kleinen Tiegeln.

WONG: Am Schluß, wenn das Fleisch fertig gebacken und die Gemüse fertig gedünstet sind, mischt man den Inhalt der sieben Tiegel. Aber es darf kein Brei entstehen. Nicht das, was Sie, glaube ich, ›Eintopf‹ nennen. Die Bestandteile müssen sauber voneinander getrennt bleiben.

MÄDCHEN: Eine nette kleine Aufgabe für eine Meisterprüfung im Kochen!

WONG: Man mischt das Ganze mit Öl, Weißwein und mit etwas Curry-Sauce.

MÄDCHEN: Auch das noch!

WONG: Öl und Weißwein tut man schon vorher während des Backens und Dünstens in die kleinen Tiegel. Nur die Curry-Sauce fügt man erst am Schluß dazu. Es kommt bei Chop-Suey sehr darauf an, daß man die Mischung trifft.

MÄDCHEN: Ja, das scheint mir auch.

WONG: Es ist viel leichter als Reiten. Als gut Reiten, meine ich. Ich werde einmal für Sie Chop-Suey kochen. Ich weiß, daß Sie es schnell lernen werden.

Raumwechsel

MÄDCHEN: Mich überlief eine kleine Gänsehaut, als ich ihn das sagen hörte. Er schien ziemlich viel von mir verlangen zu wollen. Und das Tollste war die Selbstverständlichkeit, mit der er sprach. Als sei es schon abgemacht, daß ich lernen werde, Chop-Suey zu kochen. Chop-Suey-Kochen schien mir übrigens das Gegenteil von Reiten zu sein; es hatte irgendwie mit der anderen Seite meines Lebens zu tun, mit meiner gepflegten, kultivierten Verkäuferinnen-Existenz, damit, daß ich wußte, welche Nagellackfarbe ich zu wählen hatte und welche Stoffe zu meiner Haut paßten. Und Jimmy Wong schien von mir zu verlangen, daß ich beides sein solle: die glatte schwarze Stute und die raffinierte kleine Frau. Es war alles ziemlich schwierig für mich zu begreifen, und ich begriff es auch gar nicht, ich fühlte es nur. Ich begreife es jetzt, während ich im Bett liege und versuche einzuschlafen, damit ich morgen früh frisch bin.

Pause

Ehe wir uns verabschiedeten, erklärte er mir noch, wo ich morgen früh hinkommen müsse. Der Reitstall war in Leonberg, und das ist ein ziemlich weiter Weg aus der Stadt heraus. Er sagte, er wolle mich so oft wie möglich mit dem Auto abholen und hinbringen, aber morgen früh ginge es nicht, weil er seinen Wagen für morgen einem Freund versprochen habe. Ich überlegte, wie ich hinauskäme, und mein altes Fahrrad im Keller fiel mir ein.

Raumwechsel

Ich werde mit dem Fahrrad kommen.

WONG: Kennen Sie die Straße?

MÄDCHEN: Ich kenne den Stadtwald sehr gut.

WONG: Kurz vor Leonberg müssen Sie aufpassen. Man hat eine neue Zubringerstraße zur Autobahn gebaut, und die Abzweigung ist schlecht markiert. Man fährt fast automatisch in die Zubringerstraße hinein, wenn man nicht aufpaßt. Mir selber ist es schon zweimal passiert.

MÄDCHEN: Ich werde aufpassen.

Raumwechsel

Wir sagten uns gute Nacht und ich stieg aus. Er fuhr weg, noch ehe ich die Haustüre geöffnet hatte. Ich ging rauf, Mutter war noch auf, und ich ließ mir von ihr den Kellerschlüssel geben und erzählte ihr alles, sie schüttelte zwar den Kopf, aber es imponierte ihr, daß Jimmy Wong sonst nichts von mir gewollt hatte. Sie versteht nicht, daß er viel mehr von mir will als die anderen. Das Fahrrad im Keller hielt die Luft, als ich es aufpumpte.

Pause

Und nun liege ich im Bett und kann nicht einschlafen, weil ich mir vorkomme wie im Märchen. Und wie beim Märchenerzählen, früher, habe ich ein bißchen Angst. Ich schaue von Zeit zu Zeit auf die Uhr, und ich erschrecke darüber, wie spät es schon ist. Halb zwei. Jimmy Wong. Ich muß reiten und Chop-Suey kochen lernen.

Pause

Ich muß aufpassen, daß ich nicht auf die Zubringerstraße Autobahn gerate, morgen früh.

Pause

Ach so, es ist ja schon morgen früh.

IV.

ANSAGER: Drei Leute hatten mit der Sache zu tun: der Tankwart, der Manager, das Mädchen. Für den Manager und das Mädchen ist die Sache abgeschlossen. Für den Tankwart noch nicht. Befassen wir uns noch einen Augenblick mit ihm.

Raumwechsel

TANKWART: Ich war nach Arbeitsschluß in der Rotebühlstraße, auf der Nummernkartei, und ich weiß jetzt, wem der Wagen SU 866 gehört. Ich habe eine schlaflose Nacht verbracht, jetzt sitze ich wieder im Tankstellen-Büro, es ist sechs Uhr morgens und ich weiß, daß dies der letzte, aber schon wirklich der allerletzte Termin ist, an dem ich mich melden und Sachdienliches mitteilen kann. Wenn ich jetzt anrufe und sage, wie es gewesen ist, werden sie mich zwar anschnauzen, aber sie werden mich straffrei ausgehen lassen.

Pause

Es ist ganz selbstverständlich anzurufen. Es gibt überhaupt keinen Grund, warum ich nicht sofort nach dem Hörer greifen und der Kriminalpolizei alles mitteilen sollte. Es ist sogar unbedingt notwendig, denn wenn sie den Kerl ohne meine Hilfe fassen, und er erzählt, wie er weg kam, dann hänge ich wegen Hehlerei schwer mit drin.

Pause

Das nette Mädchen! Ihr Bild war in den Abendzeitungen. So ein Schweinehund – der Herr Generaldirektor! Das können sie, diese großen Herren – uns Kleine überfahren und dann abhauen.

Pause

Worauf warte ich noch? Darauf, daß es aufhört, in mir zu sagen: du bist ein verdammter Feigling? Ach, es wird nie aufhören. Nie werde ich aufhören, mir vorzuwerfen, daß ich den Oberfeldwebel Heiß nicht umgelegt habe. Daß ich den Hundertmarkschein genommen habe. Und daß ich jetzt, in dieser Minute, weiß: wenn ich den Hörer abnehme, bleibe ich, was ich war: ein Feigling. Die Anzeige bei der Polizei löscht nicht aus, daß ich gekuscht habe. Sofort und auf der Stelle gekuscht, als ich die Macht spürte. Die Anzeige bei der Polizei setzt meine Feigheit fort: sie ist die Rache eines Feiglings. Ich selbst bin der Oberfeldwebel Heiß.

Pause

Ich zögere, weil ich weiß, ganz tief drinnen weiß, daß mein Schweigen die Kette meiner Angst zerreißen würde. Ich wäre allein – allein mit meiner Tat.

Pause

Wenn ich nur wüßte, was ich tun soll?

Pause

Soll ich anrufen?

Pause

Soll ich schweigen?

Pause, Jazzcombo setzt langsam ein

SPRECHERGRUPPE:
Autobahnausfahrt Stuttgart Nord
Zubringerstraße
Tankstelle in fadem Grünzeug
Angst und Hitze
Lungenkrebs und Kristallglas
Chop-Suey und die Pferde von Kentucky
Die zerschmetterte Schläfe
Der Zufall
und die Sinnlosigkeit.
Die Welt ist keine Fotografie.
Sie ist
Camparirot
Korallenrot
Blutrot.
Sie ist voller Fahrer-Flucht

Zufall
und Sinnlosigkeit
täglich
stündlich.
Soll man anrufen?
Soll man schweigen?

Noch ein paar Takte Musik

In der Nacht der Giraffe

Stimmen:

Pierre
Solange
Fayard, der Redakteur
Mondello, der Philosoph
Der Erzähler
Der Reporter
Der Dichter

Ein paar Takte der Marseillaise auf einer dunklen Klarinette traurig geblasen.

ERZÄHLER: Am 29. Mai, nachts um elf Uhr, zur gleichen Zeit also, als ich in einem kleinen Restaurant in der Rue Sts.-Pères zu Abend aß, setzte sich ein ungefähr 25jähriger Algerier, dessen Namen ich nie erfahren habe, an einen Tisch, der vor einem Café in der Rue Monge stand, um auf meinen Freund Pierre Grange zu warten. Der junge Algerier hatte sich das Café sorgfältig ausgesucht; er konnte von seinem Platz aus die Kreuzung der Rue Monge, Rue Buffon und der Rue des Boulangers, in der Pierre wohnte, und den Ausgang der Metro-Station Cardinal-Lemoine kontrollieren. Er trug nichts bei sich als drei neue Zehntausend-Franc-Noten, die er von dem Agenten einer französischen Faschisten-Organisation erhalten hatte; sie steckten in einem abgegriffenen dünnen Lederetui in der Brusttasche seines schwarzen Buschhemds; in der rechten Hosentasche hatte er etwas Silbergeld und ein Päckchen Zigaretten; außerdem befand sich in einer länglichen Tasche, die er sich selbst an die Innenseite des rechten Beins seiner braunen Manchesterhose genäht hatte, ein Messer mit einem fünfundzwanzig Zentimeter langen Stichel, der vierfach gerillt war, ein Stilett also, das in einer fast nadelscharfen Spitze endete. Wie alle jungen Nordafrikaner, war er für unsere Begriffe unglaublich mager; schmal, sehnig, klein und dunkel saß er vor dem Café, er hatte sich einen Pinard bestellt und sofort bezahlt, die weiße Zigarette leuchtete in seinen braunen Händen, in sich zusammengesunken, vollkommen ruhig und ein wenig schmutzig saß er da und wartete. Ehe er hierher gekommen war, hatte er von einem der großen Farbigen-Cafés am Boul Mich aus mit dem Agenten telefoniert und erfahren, daß mein Freund Pierre im Deux Magots saß; der Agent hatte gemeint, es könne spät werden, bis

Pierre Grange nach Hause käme, also wartete der Algerier gleichmütig. Natürlich hatte ich von seiner Existenz keine Ahnung, während ich in dem Lokal in der Rue Sts.-Pères saß, ein Schnitzel, Pommes Frites und Salat aß und dazu die neueste Ausgabe der ›New York Herald Tribune‹ las, aber nach allem, was dann in dieser Nacht geschah, kann ich mir die Warterei dieses gekauften dreckigen kleinen Subjekts ohne weiteres vorstellen. Gerade als ich mit dem Essen fertig war, kurz nach elf Uhr also, begannen draußen die Autos zu hupen. Wir, das heißt die vier oder fünf Gäste, die in dem Restaurant saßen, und der Wirt, horchten auf, denn in Paris ist nachts absolutes Hup-Verbot. Die Autos hupten alle das gleiche Signal, zwei lange und drei kurze Töne. Der Wirt ging zur Türe, blickte auf die Straße und sagte: »Eine Demonstration.« Ich bezahlte, klemmte mir die Zeitungen unter den Arm und ging hinaus.

Raumwechsel

Reporter: Am Abend des gleichen Tages, des 29. Mai, genau gesagt: um 19 Uhr 26, fuhr der lange alte Citroën des langen alten Generals in den Hof des Élysée-Palastes ein, durch jenes Tor, das nur für den Besuch ausländischer Staatsoberhäupter geöffnet wird. Genau 24 Stunden vorher hatten zwischen dem Platz der Republik und der Bastille 350000 Menschen dagegen protestiert, daß dieser Besuch Wirklichkeit würde. Einer der Diener des Präsidenten der Republik öffnete die Wagentüre, aber der General stieg noch nicht aus, sondern er beugte sich ein wenig vor und fragte seinen Chauffeur: »René, wie lauten die neuesten Parolen?« »De Gaulle ins Museum!« sagte der Chauffeur. Das hassen sie am meisten an mir, dachte der General, daß ich nicht in ihre Zeit passe. Sie begreifen nicht, daß die Zeit sich dem anpaßt, der sie macht. Aber ich werde ein König in Frankreich sein. Übrigens hat sich seit der Zeit der Könige gar nichts geändert. Die Könige Frankreichs stehen immer zwischen den Hugenotten und der Liga, zwischen der freiheitlichen Opposition und den militärischen Bandenführern. Die Hugenotten erwarten die Bartholomäusnacht von mir, aber ich bin kein blutjunger König, der einen eisgrauen protestantischen Admiral ermorden läßt, ich bin selber eisgrau, und ich achte diesen kleinen Juden, der gestern die Massen über die Bastille geführt hat. Er ist es gewesen, der die Ehre Frankreichs in Indochina gerettet hat. Er ist unter seinen Leuten sicherlich genauso allein, wie ich unter den meinen. Dennoch muß ich ihn bekämpfen. Der Papst kann kein Ghibelline sein. Aber den Häuptern der Liga werde ich die Güter entziehen lassen, dachte der General grimmig. »Und weiter?« fragte er. Er bemerkte, daß sein Chauffeur eine Sekunde zögerte. »Los, René, ich will wissen, was man über mich sagt!« Der Chauffeur sagte: »Die Giraffe in den Zoo!« Er blickte in den Spiegel, aber er konnte keine Bewegung im Gesicht des Generals erkennen. Ein dummes Wort, dachte der General, es kann unmöglich von dem klugen kleinen Juden kommen, der kleine Jude mußte wissen, was begann, wenn man damit anfing, Giraffen in den Zoo zu sperren. Wenn man alte lange Generale einsperrte, dann sperrte man auch kluge kleine Juden ein, dann sperrte man bald alle ein, die nicht in die Zeit paßten. In diese Zeit, dachte der General verächtlich, während er endlich ausstieg. Trotzdem bin ich natürlich zu groß. Er empfand seinen langen Körper als eine Last, während er die Treppe des Palastes emporstieg. Er hat wirklich etwas von einer Giraffe, dachte der Chauffeur bewundernd, während er zusah, wie sich sein General, am Ende der Treppe angekommen, zu dem Präsidenten der Republik hinabbeugte.

Schlagzeug unterlegen

Dichter: Original-Manuskriptseiten von Prousts ›A la recherche du temps perdu‹ in den Schaufenstern der Librairie La Hune. Dazu Korrekturfahnen, mit seinen Autorkorrekturen; er hat an den Rand ganze Abschnitte neu hinzugeschrieben. Gegenüber in der Montana-Bar der amerikanische smart set des 6. Arrondissements; hauptsächlich schöne Schwule. Juliette-Greco-Schatten auf den unteren Lidern brillanter Mädchen. Die seriöse Journaille im Le Village. Milchkaffeefarbene Halbnegerin in brauner Lederjacke, nur die Schenkel leuchtend in auf die Haut geklebten weißen Hosen, von drei Männern begleitet. Kenny Clarke am Schlagzeug im Club St. Germain-des-Prés, mit einem französischen Meisterpianisten, vor fünf Gästen, die Flasche Coca-Cola zu tausend Francs. Sartres Wohnung, Ecke Rue Bonaparte, ist hell erleuchtet. Der Deux Magots-Kiosk funkelnd wie ein Juwel in der blauen Nacht aus schwankenden Straßenlaternen. Marianne legt ihren Kopf unter die Guillotine und löst selbst das Fallbeil; die Karikatur des ›Punch‹ als Titel der neuesten Ausgabe des ›Express‹. Tomatenrotes Alfa-Romeo-Cabriolet in der Rue St. Benoît eingekeilt. Grüne Getränke, weiße Getränke, grüne Getränke, auf den Tischen in der taubenblauen Nacht aus gelben Caféhaus-Scheiben. Aber die Häuser und die Kirche, von Straßenlaternen überflackert, samtbraun und gefiedergrau. Arthur Adamov geht bekümmert den Boulevard entlang, von Georgette begleitet, im Gespräch mit Martin Flinker. Was wollen Sie, sagt der siebzigjährige Buchhändler, einer der Gejagten des Jahrhunderts, zu Adamov, man kann gar nicht genug historische Ereignisse erleben.

Schlagzeug aus
Raumwechsel. Vordergründige Straßenatmosphäre, Hup-Signale aus der Nacht des 29. 5. 58, können wahrschein-

lich von der Radio-Diffusion Paris beschafft werden, sonst Neuaufnahme nach Anweisung des Autors.

PIERRE: Sie erinnern sich doch, Fayard, daß ich mit Chaban-Delmas in Algerien war?

FAYARD: Jetzt, wenn Sie es sagen, erinnere ich mich, Grange. Das war in der Zeit, als Chaban-Delmas Verteidigungsminister unter Gaillard war.

PIERRE: Ganz recht. Und das ist erst drei Monate her.

FAYARD: Also im Frühjahr waren Sie in Algerien?

PIERRE: Im Februar.

FAYARD: War es eine hübsche Reise?

PIERRE: Fayard, ich habe Sie nicht um eine Unterredung gebeten, um Ihnen zu erzählen, ob der Februar in Algerien ein hübscher Monat ist oder nicht.

FAYARD: Sondern?

PIERRE: Haben Sie schon einmal den Namen Léon Delbecque gehört?

FAYARD: Wollen Sie mich auf den Arm nehmen, Grange?

PIERRE: Ich habe nur gefragt, weil man den Namen Delbecque so wenig in der Pariser Presse liest. Nicht einmal in Ihrem Blatt, Fayard.

FAYARD: Man weiß, daß Delbecque den Putsch in Algier vorbereitet hat, aber man kann es ihm nicht nachweisen.

PIERRE: *Ich* kann es ihm nachweisen.

FAYARD: Ach!

PIERRE: Sie scheinen nicht gerade wild auf Informationen zu sein, oder täusche ich mich?

FAYARD: Grange, Sie machen sich falsche Vorstellungen vom Journalismus. Aber schießen Sie mal los! Ich weiß, daß Sie ernst zu nehmen sind. Sie sind über das Marine-Ministerium in die Begleitung von Chaban-Delmas gekommen, nicht wahr?

PIERRE: Ja, komisch. Ich bin ja nur Zivilangestellter im Ministerium, Sie wissen, daß es für mich ein Brötchen-Job ist, der mir Zeit läßt für meine Zeitschrift und die

Theaterkritiken für Ihre Zeitung, aber irgend jemand kam auf die Idee, mich einem Konteradmiral als Aktenträger nach Algerien mitzugeben.

FAYARD: Sie halten das für einen Zufall?

PIERRE: Natürlich.

FAYARD: Ich glaube, Sie unterschätzen das Marine-Ministerium. Aber fahren Sie fort.

PIERRE: Ich hatte auf der Reise Gelegenheit, Delbecque kennenzulernen. Wie Sie wissen, war er der persönliche Assistent des Ministers. Ihn zu beobachten, war so interessant, daß ich schließlich überhaupt nichts anderes mehr gemacht habe.

FAYARD: Und was haben Sie gesehen?

PIERRE: Überall, wo wir hinkamen, hielt Delbecque Geheimkonferenzen mit den örtlichen militärischen und zivilen Beamten ab. Der Minister hielt eine offizielle Rede, während sein Assistent inoffizielle Anweisungen gab.

FAYARD: Nun, das ist bekannt. Das wissen wir alle.

PIERRE: Aber man kann es ihm nicht nachweisen?

FAYARD: Die Leute vom Wohlfahrtsausschuß in Algier erzählen es jedem, der es wissen will, und Delbecque denkt nicht daran, diese Redereien zu dementieren.

PIERRE: Aber es bleibt ein Gerücht?

FAYARD: Ja, es ist das typische Kulissen-Geflüster, – eine Sache für den Klatsch von heute und die Historiker von morgen.

PIERRE: Das braucht es nicht zu bleiben.

FAYARD: Grange, machen Sie es nicht so spannend. Ich weiß bereits seit fünf Minuten, daß Sie mir den Nachweis von Delbecques Tätigkeit fix und fertig servieren wollen.

PIERRE: In der Tat, Fayard. Ich habe eine genaue Aufstellung über fast alle Zusammenkünfte Delbecques mit den Namen aller Beteiligten gemacht.

FAYARD: Wissen Sie auch, was dabei gesprochen wurde?

PIERRE: Nein. Den Rest überlasse ich den Journalisten. Es handelt sich um einen Kreis von ungefähr 150 Personen.

FAYARD: Und was soll ich also tun?

PIERRE: Die Liste veröffentlichen!

FAYARD: Was versprechen Sie sich davon?

PIERRE: Aber ich bitte Sie, die Liste ist der exakte Nachweis für die Vorbereitung des Putsches von langer Hand.

FAYARD: Welche Hand meinen Sie?

PIERRE: Sie stellen merkwürdige Fragen. Alle Eingeweihten wissen, daß Delbecque der Vertrauensmann von Jacques Soustelle ist. Und jeder Mensch in Frankreich weiß, daß Soustelle der politische Einpeitscher de Gaulles ist. Meine Liste wird beweisen, daß der General selbst die Aktion gegen die Republik hat vorbereiten lassen. Der große Schweiger von Colombey, der tadellose Ehrenmann, der wartet, bis er gerufen wird, – im besten Falle ein politischer Drahtzieher wie jeder andere. Im schlechtesten Falle ein politischer Verbrecher gegen die Legalität der Republik.

FAYARD: Ich werde Ihre Liste nicht veröffentlichen, Grange.

PIERRE: Und warum nicht?

FAYARD: Weil wir soeben in der Redaktion beschlossen haben, der Giraffe eine Chance zu geben.

PIERRE: Sie meinen, daß Sie sich zum Opportunismus entschlossen haben?

FAYARD: Also nehmen wir einmal an, Grange, die Veröffentlichung Ihrer Liste hätte die Wirkung, die Sie sich davon versprechen, – was wäre die Folge?

PIERRE: Der Mythus de Gaulle wäre zerstört. Oder sagen wir: leicht beschädigt.

FAYARD: Richtig! Und genau das ist es, was wir nicht wollen. Wenigstens jetzt nicht.

PIERRE: Interessant! Ich habe Sie noch nie für die Mythen Partei ergreifen hören, Fayard. Sie sind ein linker Bürger, Ihr Blatt ist ein linksbürgerliches, bis jetzt haben Sie immer für die Vernunft optiert.

FAYARD: Der Mythus spielt eine objektive Rolle in der Politik.

PIERRE: Aber wenn man ihn entlarven kann ...

FAYARD: Er muß sich selbst entlarven. De Gaulle muß seine Legende selbst zerstören.

PIERRE: Und wenn er uns nicht diesen Gefallen tut?

FAYARD: Dann ist sein Mythus echt.

PIERRE: Sie meinen, dann wäre de Gaulle ein Ehrenmann?

FAYARD: Wir müssen ihm die Chance geben, zu beweisen, daß er einer ist.

PIERRE: Obwohl meine Liste beweist, daß er bereits gegen die Regeln der Ehre verstoßen hat?

FAYARD: Es besteht die Möglichkeit, daß er ein Spiel mit hohem Einsatz spielt, ein Spiel für uns, ein Spiel gegen die Delbecques.

PIERRE: Aber das ist eine Illusion.

FAYARD: Und wenn es keine wäre?

PIERRE: Dann wäre alles falsch gewesen, was Sie und Ihre Zeitung bisher vertreten haben, Ihr Gerede von Demokratie und Volksherrschaft, von der Bedeutung des allgemeinen Wahlrechts und von der Durchschaubarkeit der Politik. Dann wäre Politik das, was Ihre konservativen Gegner lehren: eine Sache von Personen, der Ehre oder Unehre des sich niemals wandelnden menschlichen Charakters, eine Leidenschaft oder eine Machenschaft, eine Folge von Affären zwischen Cliquen, ein Gewebe geheimer Vorgänge, die Tätigkeit von Eliten oder Banden, die alle Entscheidungen schon getroffen haben, ehe der Bürger, – Ihr Bürger, Fayard! – auch nur den Schatten einer Möglichkeit hat, Einfluß zu nehmen. Gewiß, ihm bleibt es, die Wasserversorgung von Bordeaux zu finanzieren oder nicht zu finanzieren, aber die Entschlüsse des Generals de Gaulle finden ohne ihn statt.

FAYARD: Sie haben ganz falsche Vorstellungen von der Rolle der öffentlichen Zustimmung oder Ablehnung, Grange.

PIERRE: Ich lerne soeben, daß das öffentliche Votum offenbar dazu bestimmt ist, immer zu spät zu kommen.

FAYARD: Es bereitet auch manchmal vor. Daß de Gaulle an die Macht gelangen kann, ist die Folge eines öffentlichen Votums.

PIERRE: Vor dem Sie kapitulieren. Das Ihr Blatt vielleicht selbst manipuliert hat.

FAYARD: Was wollen Sie – wir respektieren das Votum. Wir stellen uns niemals gegen Entwicklungen, die nicht aufzuhalten sind. Wir halten innerhalb der Entwicklungen unsere Prinzipien aufrecht, unsere Auffassungen von Freiheit und Menschenwürde …

PIERRE: Phrasen, Fayard!

FAYARD: Sie sind noch nicht dreißig, ich bin fünfzig. Sie können mich ruhig beleidigen, Grange.

PIERRE: Das werde ich auch. Von jetzt an werde ich Sie und Ihresgleichen ununterbrochen beleidigen.

FAYARD: Es wird Ihnen nichts helfen. – Übrigens, warum gehen Sie mit Ihrer Liste nicht zu Ihrem Freund Sartre, oder zur ›Humanité‹?

PIERRE: Sie wissen sehr genau, daß sie dort nicht zehn Prozent der Wirkung hätte, die sie bei Ihnen ausüben würde. Sie müßte von einem so würdigen, so objektiven Blatt veröffentlicht werden wie Ihrem bürgerlichen Respektsorgan, Fayard.

FAYARD: Sie haben natürlich recht. Sie sind intelligent, Grange, Sie haben das Zeug, sich in den Mechanismus der Macht einzuleben. Ich möchte Ihnen einen besseren Rat geben.

PIERRE: Welchen?

FAYARD: Verbrennen Sie die Liste! Verbrennen Sie sie nicht nur, – vergessen Sie sie auch.

PIERRE: So weit geht also Ihre Angst vor de Gaulle?

FAYARD: Ich habe keine Angst vor de Gaulle. Vielleicht habe ich Angst vor den Delbecques. Aber im Augenblick habe ich nur Sorge um Sie.

PIERRE: Besten Dank!

FAYARD: Sie haben ein sehr gefährliches Papier in der Tasche, Grange. Vielleicht wird es eines Tages ein wertvolles Papier sein. Aber niemals wird es so wertvoll sein, daß irgend jemand dafür stirbt.

PIERRE: Darauf kann ich Ihnen keine Antwort geben, Fayard.

FAYARD: Ich weiß. Leben Sie wohl!

PIERRE: Adieu, Fayard!

Noch einmal Straße und Hupsignale aufblenden, dann Raumwechsel

ERZÄHLER: Während ich den Boulevard St. Germain entlang ging, kamen immer mehr Autos hupend auf der Fahrbahn aus Richtung Concorde. Sie hupten alle das gleiche Signal, die ersten fünf Noten von Beethovens fünfter Symphonie, die Winston Churchills und Charles de Gaulles Siegessignal während des Krieges gewesen waren, wie ich am nächsten Morgen in der ›Herald Tribune‹ las. Aus ihr erfuhr ich auch, daß der Siegestaumel der Gaullisten in jener Nacht auf den Champs Élysées ausgebrochen war, ein spitzer Begeisterungsschrei, ausgestoßen von Damen mit weißen Handschuhen, ein wildes Aufröhren junger Geschäftsleute, die Revolution der Autofahrer, wie Pendennis im ›Observer‹ trocken bemerkt hat. Die politische Geographie von Paris ist einfach: auf den Champs Élysées werden die Siege der Autofahrer gefeiert, in St. Germain-des-Prés wird ihnen widersprochen, in Minilmontant herrscht Schweigen. Zu den drei kurzen und zwei langen Tönen der Hupsignale sollte gedacht werden: ›Al-gé-rie-française‹. Es war eine glatte Provokation des intellektuellen

Bezirks. Alleg hatte das Buch über seine Folterung durch die Fallschirmjäger geschrieben, Sartre hatte es kommentiert, Allegs Buch und Sartres Kommentar waren verboten worden, der junge Mathematiker Audin war in der Folter der Paras gestorben, – und St. Germain-des-Prés stand an den beiden Straßenrändern seines Boulevards und pfiff und schrie gegen die Autohupen an, dunkel sich bewegend vor den hellen Scheiben und den zuckenden Lichtreflexen seiner Cafés. Es ging auf halb zwölf, ich steuerte durch die Tumulte den Deux-Magots-Kiosk an, um nachzusehen, ob das gaullistische Plakat noch an der Rückseite hing, aber es war abgerissen und lag zertreten und beschmutzt im Rinnstein. Um diese Zeit war es an der Kreuzung Rue Monge – Rue Cardinal Lemoine, wo der junge Algerier saß und auf meinen Freund Pierre wartete, schon ziemlich still. Ich sah Pierre vor dem Deux Magots sitzen, Solange neben ihm, und ging zu den beiden hin. Neben Pierres Tisch waren drei Amerikanerinnen auf Stühle gestiegen, um die Krawalle auf der Straße besser sehen zu können, eine Lady von vierzig Jahren, die gut in Form war und nach Geld roch, mit zwei ziemlich miesen Töchtern, und ein paar junge Franzosen blödelten mit ihnen herum und riefen ihnen spöttisch zu: ›Mesdames – die Revolution‹, während die Kellner schon am Abkassieren waren. Der Patron und die Kellner des Deux Magots waren erfahrene Leute, und auch ich bin ein erfahrener Mann, ich habe ein paar kleine Straßenkampf-Erfahrungen aus Deutschland, und ich taxierte, daß die Polizei spätestens in einer halben Stunde da sein würde. Sie würde genau von der Linie Deux Magots hinüber zum Royal aus den Boulevard zu räumen beginnen, und die Cafés mußten bis dahin ihre Läden dicht haben, sonst würden sie ein bißchen demoliert werden. Ich teilte Pierre meine Beobachtungen mit, aber da erst bemerkte ich, daß er sehr still war, er saß nachdenklich da. Ich fragte ihn, was los sei, und schließlich erzählte mir Solange von Pierres Gespräch mit Fayard. ›Hör mal‹, sagte ich zu Pierre, ›Fayard hat aber recht, was die Gefahr betrifft, in der du schwebst. Was willst du dagegen tun?‹ ›Fayard ist das Böse‹, sagte Pierre, ohne meine Frage zu beantworten, ›nicht de Gaulle ist das Böse, nicht einmal die Paras, die Alleg gefoltert haben, sondern Fayard. Fayard oder die Taktik, die taktische Toleranz, die Technik des Kompromisses.‹ Plötzlich ergriff er mich am Arm und rief: ›Die Demokratie ist das Böse.‹ Ich sagte: ›Du spinnst, erstens ist Fayard nicht die Demokratie, und zweitens könnte Fayard in dieser Sache sogar recht haben. Demokratie ist eine Technik des Kompromisses, natürlich nicht des faulen, sondern des schöpferischen Kompromisses‹, aber Pierre unterbrach mich und sagte: ›Ihr seid alle Phraseure, ich will meine Liste veröffentlichen.‹ In diesem Augenblick ging es auf dem Boulevard mächtig los, die Massen strömten auf die Fahrbahn und umzingelten die hupenden Autos. ›Kommt‹, sagte ich zu Pierre und Solange, ›wir gehen bis zur Ecke Rue Dragon, da können wir seitlich abhauen, wenn die Polizei kommt.‹ Aber Pierre schüttelte den Kopf und blieb sitzen und Solange natürlich mit ihm. Ich stand auf. Wenn ich vor etwas Schiß habe, dann vor der Polizei, ich habe mir dieses Gefühl in Deutschland angewöhnt, und nach allem, was man von der Pariser Polizei hört ... Indessen hatte der junge Algerier, der auf Pierre wartete, seinen zweiten Pinard bestellt und bezahlt. Hinter ihm, im geöffneten Innenraum des Cafés, hörten der Wirt und ein paar späte Gäste die letzten Radio-Nachrichten. Wenn es jemals einen Menschen gegeben hat, der nur einfach dasitzen konnte, ohne das Geringste zu denken, dann war der junge Algerier in jener Nacht dieser Mensch. Er wartete und dachte nichts. Er befühlte von Zeit zu Zeit sein Messer. Das Nichts und das

Messer, von Radio-Nachrichten umspült, warteten auf Pierre.

Raumwechsel

REPORTER: Nachdem der Präsident der Republik den General gebeten hatte, die neue Regierung Frankreichs zu bilden, verließ der General den Élysée-Palast um 21 Uhr 14 und begab sich zu dem Schriftsteller André Malraux, seinem engsten Berater und Vertrauten. Malraux, bis etwa 1937 das geistige Haupt der Linken in Frankreich, Teilnehmer am Kantoner Aufstand und am Spanienkrieg, während jener Zeit Verfasser von Schlüsselwerken des 20. Jahrhunderts, danach im politischen und literarischen Hintergrund mit kunstgeschichtlichen Studien beschäftigt, traf sich mit dem General in dessen Pariser Hauptquartier, Rue de Solferino No. 5, und fuhr dann mit ihm zusammen zum Landhaus eines Freundes an der Marne, kein Reporter vermochte, dem Fahrer des Generals und einer Polizei-Eskorte zu folgen, die Nacht des 29. Mai war dunkel. Malraux, scharf und elegant wie immer, hörte de Gaulle zu, sie saßen sich am Kaminfeuer gegenüber, sie waren allein. »Es ist vollkommen richtig, daß Sie die Stimmen der Sozialisten verlangt haben«, sagte Malraux. Der General: »Ich habe zu Mollet gesagt: ›Gut, ich gehe in die Regierung, aber Sie gehen mit mir!‹« Sie lächelten beide verächtlich, nachdem der Name Mollet gefallen war. »Natürlich wissen Sie, daß es darauf ankäme, nicht Mollet, sondern Mendès-France in die Regierung zu nehmen«, sagte Malraux. De Gaulle nickte. »Ich habe Pierre Clostermann gebeten, bei Mendès-France zu sondieren«, berichtete Malraux, »Sie wissen, die beiden sind eng befreundet; Mendès-France war während des Krieges Oberleutnant in Clostermanns Staffel.« Der General hörte mit Vergnügen den Namen des großen Jagdfliegers.

»Und wie ist das Ergebnis?« »Vorläufig noch negativ«, antwortete Malraux. Es wird auch negativ bleiben, dachte Charles de Gaulle, Mendès-France kann alles akzeptieren, sogar meine Politik, aber was er nicht akzeptieren kann, ist das Lothringer Kreuz, Mendès-France ist ein jüdischer Liberaler und ich bin ein katholischer Konservativer, also sind wir Feuer und Wasser. Aber Malraux, der den Marxismus und die Sakramente hinter sich hatte, dachte: Wenn es eine Rettung gibt, eine Rettung vor den Schlägertrupps der Kommunisten und den Folterungen der Fallschirmjäger, eine Rettung vor der Machtlosigkeit der Parlamente und der Korruption der Presse, dann ist es das Bündnis der großen Konservativen und der großen Liberalen, das schweigende Zusammenspiel der Geister von links und rechts, die Vereinigung der Eliten gegen die Trägheitsgesetze der Massengesellschaft. Ich werde die alte Geheimpolitik wiederherstellen, dachte de Gaulle, die Politik, die es einem Mann erlaubt, ein Charakter zu bleiben, und deshalb muß Mendès-France mich bekämpfen, denn Mendès-France will nicht das Geheimnis, sondern die Freiheit. Er weiß genau, daß im Innern des Geheimnisses das Gesetz ist, das niemals sich wandelnde Gesetz des Ewigen, das Lothringer Kreuz, so wie ich weiß, daß im innersten Kern des Gedankens der Freiheit die Anarchie lebt, der Augenblick, in dem das Gesetz zerstört wird, Prometheus, der das Feuer vom Himmel holt. In einer Stunde wie dieser, dachte Malraux, muß das Unmögliche geschehen: das Unvereinbare muß vereint werden, so, wie diese Deutschen es an ihrem 20. Juli 1944 vereint haben. Nur daß die Deutschen das Unmögliche zu spät getan haben; wir Franzosen werden es zur rechten Zeit tun. Dies wird meine historische Aufgabe sein: ich werde die Eliten der Freiheit in das Lager der konservativen Macht führen, ehe das Nichts die Freiheit und die Macht überwältigt. In ein Gespräch über die taktischen Schritte der nächsten Tage vertieft, hingen der Dichter und der General ihren Träumen nach. Gegen 23 Uhr brach de Gaulle auf und erreichte seinen Landsitz Colombey-les-Deux-Églises nach Mitternacht, am 30. Mai um 1 Uhr 47.

Schlagzeug unterlegen

DICHTER: Sehr leise, das Geräusch, das die Seine macht, während sie sich an den Pfeilern des Pont Neuf reibt. Eine benachbarte Kirchturmuhr schlug halb elf. Ein Bahnhof: Verneuil l'Étang. Durch das geöffnete Zugfenster die Vogelstimmen, glockenhaft über den verwunschenen Teichen. Einige Taxis fuhren saumselig vorbei, und die Dromedare waren noch nicht alle heimgekehrt. Limonaden-Kiosk im weißen Licht unter den schwarzen Stämmen des Tuileriengartens. In der Ferne konnte man den Präsidenten der Republik bemerken, der mit einer Taucherausrüstung bekleidet war. Ihn begleitete der König von Griechenland, der so jung zu sein schien, daß man Lust verspürte, ihn Lesen lernen zu lassen. Der Komiker Jaques Tati öffnete das Fenster seiner Wohnung und richtete seinen Rasierspiegel so, daß der Reflex der runden Scheibe auf den Käfig eines Kanarienvogels, ein Stockwerk tiefer, fiel: der Vogel begann zu singen. Die Astralaugen des toten Tachisten Wols besichtigten die japanischen Marderhaar-Pinsel im Geschäft von Santelier, Ecke Rue Bonaparte und Quai Voltaire. Eine junge Hetäre folgte ihnen und bot ihnen ihre Dienste an. Ein Sekretär des Präsidenten der Republik öffnete einen Brief der Witwe des gefolterten Mathematikers Audin. Es regnete Handschuhe, die von einem scharfen Novemberwind davongetragen wurden.

Schlagzeug aus. Raumwechsel. Wieder Straße, Café, realistisch.

SOLANGE: Pierre!
PIERRE: Ja?
SOLANGE: Ich weiß, was du jetzt denkst.
PIERRE: Nein, davon hast du keine Ahnung.
SOLANGE: Doch, du denkst, daß du Schluß machen wirst.
PIERRE: Na schön, du hast recht. Aber ich habe es nicht gern, wenn du in meine Gedanken kriechst, Solange.
SOLANGE: Ich kann nicht aufhören, zu denken, bloß weil es dir nicht paßt.
PIERRE: Man sollte aber aufhören zu denken.
SOLANGE: Das sagst ausgerechnet du!
PIERRE: Bin ich vielleicht ein starker Denker?
SOLANGE: Du bist intelligent und intensiv, Pierre.
PIERRE: Danke. Ich bin augenblicklich nicht in Stimmung, dir deine Liebeserklärungen zurückzugeben.
SOLANGE: Es war keine Liebeserklärung. Es war einfach eine Feststellung. Ich liebe dich gar nicht. Habe ich dir jemals gesagt, daß ich die liebe?
PIERRE: Nein. Aber du machst gerne die Liebe mit mir, oder irre ich mich?
SOLANGE: Ich finde dich angenehm. Du bist taktvoll und klug und ich mag an dir, daß du nicht aufhören kannst zu denken. Nicht einmal im Bett.
PIERRE: Würdest du mich lieben, wenn ich in gewissen Momenten nicht mehr denken würde?
SOLANGE: Vielleicht.
PIERRE: In Zukunft werde ich dir diesen Gefallen tun.
SOLANGE: Gehört das zu deinem Programm?
PIERRE: Willst du in diesem Ton weitermachen?
SOLANGE: Ja, noch ein paar Minuten, wenn es dich nicht stört.
PIERRE: Warum?
SOLANGE: Weil ich dich nicht mag, wenn du nicht intelligent bist, Pierre. Du bist heute abend nicht intelligent.
PIERRE: Du gibst also Fayard recht?
SOLANGE: Siehst du, wie dumm du bist! Nein, natürlich

ist Fayard Opportunist. Aber flüchten, nur weil es die Fayards gibt?

PIERRE: Gut, nennen wir es also Flucht, obwohl es ein falsches Wort für das ist, was ich tun werde, weil mir plötzlich die Schuppen von den Augen gefallen sind.

SOLANGE: Du meinst, weil in deiner Leitung plötzlich Kurzschluß ist.

PIERRE: Deine Duschen sind nicht immer sehr charmant, Solange.

SOLANGE: Ich bin Pariserin. Wir sprechen nicht so wie die Leute aus Bordeaux, die Helden der Gascogne.

PIERRE: Also gut, ich werde so nüchtern sprechen wie möglich. Ich werde dir einfach eine Rechnung aufmachen ...

SOLANGE: Dein Programm!

PIERRE: Meine Konsequenz. Ich stelle dir drei Fragen ...

SOLANGE: Ich bin gespannt.

PIERRE: Kann man mit den Kommunisten gehen?

SOLANGE: Nein.

PIERRE: Mit de Gaulle?

SOLANGE: Nein.

PIERRE: Mit den Fayards?

SOLANGE: Nein.

PIERRE: Da es nur diese drei Möglichkeiten gibt, steigt man aus. Das ist es, was du Flucht nennst. Es ist mein Programm. Ich flüchte nicht. Ich steige einfach aus.

SOLANGE: Es gibt noch eine andere Möglichkeit.

PIERRE: Welche?

SOLANGE: Du könntest Pierre Grange bleiben. Ein Mann, der denkt, und ausspricht, was er denkt.

PIERRE: Aussprechen, was ich denke? Ich kann nicht einmal eine Liste veröffentlichen, eine notwendige Information geben.

SOLANGE: Es würde völlig genügen, zu denken und zu sprechen. Zum Beispiel mit Fayard.

PIERRE: Würde ich damit etwas ändern können?

SOLANGE: Nein.

PIERRE: Also!

SOLANGE: Ich denke an die Anekdote von Picasso, von der du so entzückt warst. Er sagte, wenn er seine Bilder gleich nach dem Malen in Kisten verpackte, würden sie die gleiche Wirkung haben wie an den Wänden von Ausstellungen.

PIERRE: Gut, ich werde meine Gedanken in Zukunft in Kisten verpacken. Obwohl sie sicher nicht so wertvoll sind wie ›Guernica‹.

SOLANGE: Vielleicht würde es schon genügen, wenn du sie mir sagtest?

PIERRE: Genau das habe ich vor. Wir werden zusammen am Strand von Lacanau meine wertvollen Gedanken in die Kisten verpacken, die dort angespült werden.

SOLANGE: Wo?

PIERRE: In Lacanau-Océan. Es liegt nördlich von Arcachon am Atlantik.

SOLANGE: Aha, bei Bordeaux. Der geschlagene Held der Gascogne kehrt in seine Heimat zurück.

PIERRE: Lacaneau hat die größte Düne Frankreichs. Der Strand ist bei Ebbe einen bis zwei Kilometer breit. Man muß sich beeilen, wenn man draußen ist und die Flut kommt. Und es ist kilometerweit ganz einsam. Du wirst das braunste Mädchen in Lacanau sein.

SOLANGE: Du mußt den letzten Satz in den Konjunktiv setzen.

PIERRE: Warum?

SOLANGE: Weil ich nicht mitkommen kann. Ich habe keine Zeit. Ich habe mindestens noch bis Mitte Juli an dem Drehbuch für Magnard zu arbeiten.

PIERRE: Könntest du das nicht auch in Lacanau tun?

SOLANGE: Ich fürchte, mir fällt in Lacanau nichts ein.

PIERRE: Das ist nicht der Grund.

SOLANGE: Du hast recht. Es ist nicht der Grund. Ich habe einfach keine Lust, dir zuzusehen, wie du die Rolle des geschlagenen Löwen spielst, der seine Wunden leckt. –

Wovon willst du eigentlich leben?

PIERRE: Ich werde meinen Vater anpumpen.

SOLANGE: Das hast du doch noch nie getan.

PIERRE: Aber jetzt werde ich es tun.

SOLANGE: Armer Pierre, du bist wirklich angeschlagen. Aber ich eigne mich nicht zur Krankenpflegerin. Ich liebe dich, wenn du intelligent und intensiv bist, wenn du nicht aufhörst zu denken und zu sagen, was du denkst.

PIERRE: Also liebst du mich doch?

SOLANGE: Habe ich das gesagt?

PIERRE: Gerade eben.

SOLANGE: Ich muß mich versprochen haben. – Vielleicht gibt es einen Grund, warum ich möchte, daß du nach Lacanau gehst. Wenn es stimmt, was Fayard gesagt hat von der Gefahr, in der du dich befindest, dann wäre es gut, irgendwohin zu gehen, wo dich niemand vermutet.

PIERRE: Komm, gehen wir, sie machen schon die Lichter aus.

SOLANGE: Ja, dein deutscher Freund hat recht. Sie erwarten die Polizei.

PIERRE: Ob die Polizei es wagen wird, auf die Leute hier einzuschlagen?

SOLANGE: Sie muß es, wenn sie die Straße räumen soll. Und sie wird den Befehl dazu haben!

PIERRE: Es ist ein Skandal. Oh, ich könnte ...

SOLANGE: Du wirst es dir abgewöhnen müssen, empört zu sein. Es paßt nicht mehr in dein Programm. Du mußt jetzt so taub und leer sein wollen wie eine Muschel am Strand von Lacanau.

PIERRE: Du hast recht. Aber wenn es mir nicht gelingt.

SOLANGE: Nimm für alle Fälle ein Retourbillett!

PIERRE: Hübsch, dein Pariser Zynismus, Solange!

SOLANGE: Oh, Himmel, begreif doch, wie ich mich freuen würde, wenn du wieder zurückkämst, Pierre!

Raum Straße/Café ausblenden. Raumwechsel.

ERZÄHLER: Die Leute von St. Germain-des-Prés umringten die Autos, die ›Algérie française‹ hupten, aber sie wurden nicht tätlich gegen die Insassen, sondern sie begannen, mit ihnen zu diskutieren, sie schrieen und lachten. Der Boulevard war von Menschen überströmt. Ich stand dort, wo die schmale dunkle Rue Dragon einmündet, und konnte von meinem Platz aus den Tisch beobachten, an dem Pierre und Solange saßen. Ich sah, wie die Lichter des Deux Magots und des Flore, des Royal St. Germain, der Brasserie Lipp und des Calvet gelöscht wurden, und ich dachte, hoffentlich bleiben Pierre und Solange nicht zu lange sitzen, sonst sind sie nachher in der Frontlinie. Ich atmete auf, als sie sich endlich erhoben. Es war ein paar Minuten nach zwölf. Ziemlich genau zur gleichen Zeit muß der Algerier seinen Platz vor dem Café an der Rue Monge verlassen haben. Das Café machte spätestens Mitternacht zu, weil so spät in jener Gegend nichts mehr los war. Der Cafetier wird den Kerl um zwölf Uhr einfach hinausgeschmissen haben, wenn er nicht von selber gegangen ist. Der Algerier hat bis dahin Zeit genug gehabt, sich einen neuen günstigen Standplatz zu wählen. Während Pierre und Solange schräg über den Boulevard St. Germain zu mir herüber kamen, sich durch die Massen drängend, muß der Algerier die menschenleere Kreuzung Rue Monge – Rue Cardinal Lemoine überquert und sich in den ganz in Schatten getauchten Ladeneingang der Metzgerei gestellt haben, die sich direkt neben dem Eingang der Metro-Station befindet. Jeder, der aus der Metro kommend, in die Rue des Boulangers will, muß an dieser Metzgerei vorbei. Ich verlor Pierre und Solange aus den Augen, aber nach ein paar Minuten tauchten sie vor mir auf. Pierre hielt Solange an der Hand, um sie in dem Gewühl nicht zu verlieren, das wirkte ein bißchen rührend, denn Solange ist eigentlich nicht der Typ Frau, der an der Hand gehalten werden muß. Sie ist von sportlicher Eleganz und verdient ziemlich viel Geld mit ihren ausgezeichneten Drehbüchern. Aber ich bemerkte, daß die beiden nur zögernd ihre Hände trennten, als sie schließlich neben mir auf dem Trottoir standen. In diesem Augenblick kam die Polizei, eine Escadre von mindestens drei Hundertschaften, in großen grauen Mannschaftswagen, in Jeeps, von Motorrädern umflitzt. Das Geschwader stoppte, und in der sekundenlangen Stille hörte man das Klirren von Eisen und Glas, mit dem ein Jeep auf den vor ihm haltenden Mannschaftswagen auffuhr. Ein vielstimmiger Schrei des Hohns folgte aus den Massen, die auf die Gehsteige drängten. Die Brigade fuhr langsam weiter, kreiste in einer fächerförmigen Bewegung von uhrenhafter Präzision über den Place St. Germain-des-Prés, rollte aus und raste in die drei Seitenstraßen ein. Die beiden letzten Wagen hielten auf der Mitte der Kreuzung und entließen aus ihrem Inneren eine Schar von Marionetten in Ledergamaschen und Käppis, die nach Reglement ausschwärmten und ihre Holzknüttel wirbeln ließen – die berühmte, genau exerzierte Attacke der Sûreté. Ich sah sie nur noch verwischt, denn der ganze Boulevard hatte in einer einzigen hypnotisierten Bewegung zu laufen begonnen; ich konnte gerade noch verhindern, daß wir mitgerissen wurden, ich zog Pierre und Solange schnell in den finsteren Schacht der Rue Dragon, wir liefen ein Stück in sie hinein, hielten an und wandten uns um. Im Ausschnitt der Gassen-Mündung sahen wir die vorbei Flüchtenden, aber nicht die Polizei, sie führte, wie ich schätzte, ihren Angriff sicherlich nicht tiefer als dreißig Meter in den Boulevard hinein, ihr genügte die konzentrierte Bewegung in einem kleinen Raum, um eine zentrifugal zerstreuende Wirkung auszuüben. »Sandkastenspiele«, sagte ich zu Pierre. »Mit preußischer Kühle beobachtet«, sagte eine Stimme neben uns. »Ja, aber es handelt sich um Pariser Stabsarbeit«, erwiderte ich und reichte Jacques Mondello, dem Philosophen, die Hand. Mondello stand unter der Tür seiner kleinen Buchhandlung in der Rue Dragon, der Laden war dunkel, nur im Hintergrund brannte eine kleine Lampe unter einem grünen Glasschirm. »Kommt herein!« sagte Mondello, und wir traten ein und setzten uns an den quadratischen Tisch, vor die bis an die Decke reichenden Bücher-Regale. Dem Fenster gegenüber erblickte ich im ungewissen Licht der Nacht die schmutzig-weiße Wand des Verlages, der während des Krieges illegal die Schriften von Vercors und Eluard gedruckt hatte und der jetzt die Bücher von Samuel Beckett und Alain Robbe-Grillet herausbrachte. Mondello bemerkte sogleich, was ich vorher im Deux Magots nicht gespürt hatte: daß Pierre stumm war. Sie sprachen eine Weile miteinander, ehe uns die Unruhe und die Müdigkeit wieder nach draußen trieben. Vielleicht war der einzige Mensch, der in jener Nacht nicht unruhig und müde war, der junge Algerier. Bewegungslos lehnte er im Schattenschwarz an der Türe der Metzgerei neben dem Metro-Eingang und wartete.

Raumwechsel

REPORTER: Ehe er in seinem Bett im Schlafzimmer zu Colombey-les-Deux-Églises einschlief, dachte der lange alte General noch einmal an die Pforte des Élisée-Palastes, das nur für Staatsoberhäupter bestimmte Tor, das er sich hatte öffnen lassen, weil er an die Macht des Zeremoniells glaubte, an die magische Wirkung von Riten, an die Suggestion von Gesten. Er pflegte vor den Massen seine langen Arme in einer großen, feierlichen, langsamen Gebärde über seinem Kopf auszustrecken; dadurch wurde er noch größer, als er ohnehin war. Sie mögen mich ruhig Giraffe nennen, dachte er, das Tier, das hoch über der Steppe steht. Befriedigt dachte er an das Schauspiel, das ihm dargebracht worden war: die Zeremonie des vollendeten Staatsstreichs, der sich in glänzenden Ringen konzentrisch von der Peripherie her dem Mittelpunkt Paris näherte, in dem er, de Gaulle, stand, unbewegt. Er rührte keinen Finger, aber dennoch war es sein Staatsstreich, würdig seiner Gedanken und Vorstellungen. Auch ein coup d'état hatte seine besondere Art von Ästhetik, die sogar die Gegner bewunderten, auch wenn sie vielleicht nicht die Metapher von den konzentrischen Kreisen gebrauchten, sondern von einer Schlinge sprachen, die um den Hals der Republik gelegt worden war. Sie vergaßen dabei nur, daß er, de Gaulle, die Republik war; er würde keine Schlinge zuziehen. Ich bin der Felsen der Legitimität, nicht der Henker der Freiheit, dachte er pathetisch. Und dann taktisch: Ich werde Trinquier und Thomazo an die Front schicken, damit ich Servan-Schreibers Blatt verbieten kann, wenn es die Armee beleidigt. Ich werde mit den Fraktionen, mit der Liga und den Hugenotten spielen wie mit Bällen. Ich werde die Kapital-Gruppen hinter Mendès-France mit den Kapitalgruppen hinter Reynaud fusionieren. Das Kapital hat eine einzige Ehre: das Interesse; ich werde es an seinem Interesse packen wie einen Soldaten am Portepee. Etwas unbehaglich dachte er an seine eigenen Interessen, das Kapital seiner Familie lag in Beteiligungen an algerischen Banken. Er wußte, daß das Geld die einzige Macht war, die ein König in Frankreich zu fürchten hatte. Aber wenn man dieses Prinzip änderte, traten andere Mächte an die Stelle der Macht des Geldes. Der Terror einer Ideologie zum Beispiel. Der General de Gaulle wußte in jener Nacht noch nicht, daß vielleicht um die gleiche Stunde ein großer und guter Mann, der nichts von der notwendigen Ästhetik des Staatsstreichs geahnt, in Budapest sein Todesurteil empfing.

Raumwechsel. Schlagzeug.

DICHTER: Lacanau-Océan: die Wellen, die Herzmuscheln, die Sandkristalle, der wehende Wind. Selbst wenn heute nicht klar vor Augen steht, für was man sich schlagen muß, so wissen wir doch, ohne jeden möglichen Zweifel, gegen wen nicht zu kämpfen unmöglich ist. Unmöglich und von heute an. Das Ultramarinblau des Meeres und die helle Lasur des Himmels. Whiskyflaschen und Vasen aus Atlantis, an den Strand geworfen. Sich gleich zu schlagen oder sich später zu schlagen – das ist die einzige Alternative, die denen offensteht, die sich vor den Befehlen der Legionäre nicht beugen können. Krebsgerippe, der Tod, geäderte Kiesel, das Schweigen, das papierene Rauschen der Wogen, die Unendlichkeit. Die Zukunft beginnt heute.

Schlagzeug ausblenden.
Raumwechsel. Gespräch in einem konkreten, intimen Raum (Buchhandlung).

MONDELLO: Ich bewundere Ihren Glauben an das, was die Leute Ihnen über Demokratie erzählt haben, Pierre. Ich hätte Sie für klüger gehalten. Die Funktion der Öffentlichkeit, nicht wahr? Die reinigende Macht der Presse, eh? Man veröffentlicht einen Mißstand – schon ist er nur noch halb so mißlich. Zum mindesten hat derjenige, der ihn veröffentlicht, sein Gewissen gereinigt. Er kann sich mit dem nächsten Mißstand beschäftigen.

PIERRE: Angenommen, Fayard würde meine Liste veröffentlichen, so hätte das doch eine Wirkung.

MONDELLO: Ja, de Gaulle wäre vielleicht – vielleicht, Pierre! – gezwungen, ein paar Erklärungen abzugeben. Ihre Liste und seine Erklärungen, Sie und de Gaulle hätten den Umfang historischer Dokumente um ein paar nicht sehr wichtige Seiten vermehrt.

PIERRE: Wäre es nicht möglich, Mondello, daß meine Liste die Republik sehr wirksam warnen würde? Wenn man nachweist, daß de Gaulle ein Putschist ist ...

MONDELLO: ... läßt sich der Präsident der Republik vielleicht dazu bewegen, de Gaulle nicht die Regierungsbildung anzuvertrauen, nicht wahr?

PIERRE: Es wäre logisch.

MONDELLO: Und Sie in der Rolle des David, der Goliath gefällt hat.

PIERRE: Sie können mir heute nacht keine Illusionen mehr nehmen, Mondello. Aber spielen wir die Idee einmal durch: also gut, ich bin David. Meine Schleuder sollte eigentlich wirksam sein.

MONDELLO: Jetzt habe ich Sie da, wohin ich Sie haben will. Wissen Sie, worin der Unterschied zwischen Ihnen und David besteht?

PIERRE: Erklären Sie ihn mir!

MONDELLO: David hat eine wirkliche Schleuder gebraucht, während Sie einen Artikel veröffentlichen wollen, der nachweist, wie böse Goliath ist.

PIERRE: Aber der Artikel *ist* meine Schleuder!

MONDELLO: Das ist Ihr Trugschluß! Er ist nichts als ein Stück Literatur. Diese Art Literatur – die Literatur als Presse – hat eine gewisse Berechtigung, solange sich die Mächte im Gleichgewicht befinden. Oder wenn die Demokratie sich entwickelt: Zola im Fall Dreyfus. Aber wenn die Politik in den Raum der reinen Macht tritt, ist es aus damit. Dann ist die Presse und ihre Literatur nur noch eine Fußnote zu den Prämissen der Macht. Sie, Pierre, sind ein Opfer gewisser falscher Lehren über die Demokratie. Zu diesen Irrlehren gehört der Glaube an die Presse und an die unmittelbare Wirkung der Literatur. Man hat Ihnen gesagt, Freiheit sei identisch mit Pressefreiheit ...

PIERRE: Und ist das vielleicht nicht wahr?

MONDELLO: Es ist eine Illusion, mit der man Gutgläubige

täuscht und sie veranlaßt, zu schreiben und zu lesen, anstatt zu handeln, selbst wenn ein Gegner vor ihnen auftaucht, für den Worte wie Freiheit, Schreiben und Lesen überhaupt nicht existieren. Man delegiert das, was man zu tun hätte, an die Presse. Handeln – das bedeutet: irgendwo fließen Lettern aus einer Setzmaschine.

PIERRE: Ich danke Ihnen, Mondello, Sie befreien mich von meiner letzten Hemmung.

MONDELLO: Hemmung wovor?

PIERRE: Ich steige aus. Ich habe es vorhin schon Solange mitgeteilt.

MONDELLO: Was, Sie wollen jetzt kneifen, Pierre?

PIERRE: Sie überzeugen mich doch selbst von der Nutzlosigkeit alles dessen, was ich bisher gedacht habe.

MONDELLO: Aber doch nur, damit Sie sich überlegen, ob nicht etwas getan werden könnte, das Sinn hat.

PIERRE: Wir leben in einer Welt der falschen Alternativen. Ich kann keine der Fraktionen wählen, die heute miteinander kämpfen. Auch nicht das kleinere Übel. Das kleinere Übel ist für mich das größere. Ich gebe zu, daß ich bis heute abend an eine dritte Kraft geglaubt habe: die Öffentlichkeit. Sie haben mir diese Illusion genommen.

MONDELLO: Ihre Rechnung geht sauber auf, Pierre. Eine Spur zu sauber.

PIERRE: Ich kann Ihnen nicht helfen, wenn Ihnen mein Resultat nicht paßt.

MONDELLO: Sie wischen den Rest aus, der übrig bleibt.

PIERRE: Welchen Rest?

MONDELLO: Das Böse, Pierre! Sie haben ganz vergessen, daß das Unrecht übrig bleibt, auch wenn Sie aussteigen. Sie können einfach weggehen, niemand hält Sie auf – aber irgendein Alleg wird weiter gefoltert werden, vergessen Sie es nicht, dort, wo Sie sich aufhalten werden.

PIERRE: Herrgott, Mondello, ich gehe doch, weil ich das Unrecht nicht ändern kann.

MONDELLO: Sie können es! Sie treffen es doch überall an; gerade Sie haben eine besondere Begabung dafür, überall auf die Brutalität zu stoßen. Ich frage Sie, Pierre Grange, warum haben Sie Léon Delbecque in Algier nicht mit dem Revolver in der Hand gestellt? Sie sind Reserveoffizier, Sie wissen mit Waffen umzugehen.

PIERRE: Ah, das ist es, worauf Sie hinaus wollen!

MONDELLO: Allerdings. Statt das nächstliegende zu tun, haben Sie eine Liste angefertigt, und weil man sie Ihnen nicht abnimmt, bricht für Sie eine Welt zusammen.

PIERRE: Oh, ich vergaß. Jacques Mondello, der Philosoph der direkten Aktion. Leider bin ich kein Anhänger des individuellen Terrors.

MONDELLO: Ja, Sie kapitulieren lieber vor dem großen allgemeinen Terror.

PIERRE: Sie meinen also, man muß töten können, wenn man dem Unrecht begegnet.

MONDELLO: Ja, natürlich.

PIERRE: Heißt das nicht die Kette des Unrechts verlängern?

MONDELLO: Machen Sie sich keine Sorgen um das Unrecht! Es bleibt ewig. Aber Sie können es manchmal unterbrechen, die Kette zerreißen, so daß es eine Weile dauert, bis sie wieder geschweißt wird.

PIERRE: Ich fürchte, unsere Unterhaltung wird zu abstrakt. Ich spreche jetzt von mir: ich habe eine Weile an die Kraft des Wortes geglaubt. Es war ein Irrtum, ich gebe es zu. Aber töten kann ich nicht. Jetzt wissen Sie, warum ich weggehe, Mondello.

MONDELLO: Und wenn man Sie in die Zelle führte, in der Alleg gefoltert wird – könnten Sie auch dann nicht auf die Folterknechte schießen?

PIERRE: Vielleicht. Ich weiß es nicht.

MONDELLO: Ich achte Ihren Entschluß, Pierre. Vielleicht ist es gut für Sie, wenn Sie eine Weile fortgehen. Fortgehen, um zu erkennen, daß Freiheit nicht bedeutet, irgendeine Ideologie wählen zu können, sondern das

Unrecht zu zerreißen, wo immer man es trifft.

PIERRE: Und woran erkennt man es?

MONDELLO: Man erkennt es immer und sofort, verlassen Sie sich darauf. Es gibt ein ganz sicheres Erkennungszeichen des Unrechts: dort, wo nichts mehr Sie auffordert zu schreiben, wo nur ein einziger Gedanke Sie beherrscht: zu handeln, nichts als zu handeln: dort ist es, wo das Böse herrscht.

PIERRE: Mondello, geben Sie der Literatur denn gar keine Chance mehr?

MONDELLO: Nicht der Literatur, die Sie meinen, Pierre, jener Sekundär-Literatur, die sich für die Geschichte selbst hält, weil sie sich aufregt und diskutiert. Sie ist nur Symptom, nichts weiter. Große Literatur tut etwas anderes: sie bereitet lange und langsame Entwicklungen vor, sie streut in ein paar Gedanken und ein paar Formen Samen aus, die die Welt erneuern und sie an etwas Altes erinnern: Augustinus hat das getan, Pascal, Spinoza, Marx, Kafka, ja, nehmen Sie den ›Schlag ans Hoftor‹, diese wenigen Seiten Prosa nehmen keinen Einfluß auf die Zeit, aber sie verändern die Welt. Ein paar Dinge sind absurd geworden, seitdem diese Geschichte unter uns ist ...

PIERRE: Es ist spät, Mondello, ich muß gehen. Welche Bücher empfehlen Sie mir mitzunehmen in meine Klausur?

MONDELLO: Keine! Aber vergessen Sie nicht, – oh, wie werden Sie mich komisch finden! – also, vergessen Sie nicht, die Zeitungen zu lesen, Pierre!

Raumwechsel

ERZÄHLER: Nachdem wir Mondello verlassen hatten, gingen wir noch einmal zur Place St. Germain-des-Prés, auf der die Polizei Kordons gebildet hatte. Jede halbe Stunde wurden die Absperr-Mannschaften abgelöst.

Hinter den Kordons standen die Leute des Viertels in Massen und sahen zu, wie die Polizei die gaullistischen Auto-Hupen zum Schweigen brachte, indem sie mit den Holzknütteln die Scheiben der Autos einschlug. Auch wir standen herum und trafen jeden Menschen. Nach zwei Uhr bröckelte die stumm gewordene Demonstration ab; die Polizei hatte sich zurückhaltend benommen, sie war klug gewesen und hatte gewartet. Der Algerier stand immer noch im Ladeneingang des Metzgers, Ecke Rue des Boulangers. Die fortschreitende Zeit gab ihm ein Problem auf: Pierre Grange konnte nun nicht mehr mit der Metro kommen, sondern nur noch zu Fuß oder mit dem Taxi. Wenn er mit dem Taxi kam, so würde er wahrscheinlich bis vor das Haus in der Rue des Boulangers fahren, in dem er wohnte; in diesem Falle hatte der Algerier umsonst gewartet, denn er konnte sich nicht vor das Haus stellen, Pierre würde ihn sehen, und ehe das Taxi fort war, konnte Pierre schon im Hause sein. Der Algerier konnte sich nicht entschließen, seinen Platz zu wechseln. Wir nahmen ein Taxi und setzten zuerst Solange vor ihrer Wohnung in der Rue d'Assas ab. Pierre und Solange küßten sich, aber Pierre ging nicht mit Solange hinauf. Wir fuhren den Jardin de Luxembourg und die Rue des Ecoles entlang, die in die Rue Monge mündet. An der Kreuzung Rue Monge – Rue Cardinal Lemoine klopfte Pierre an die Scheibe und wir stiegen aus. »Ich fahre nicht gerne bis vors Haus«, sagte Pierre. Er hatte eine Abneigung gegen Conciergen und haßte es, kontrolliert zu werden. Wir bezahlten den Taxifahrer. Das Auto fuhr davon und wir standen einen Moment lang schweigend auf der völlig einsamen Kreuzung.

Raumwechsel

Reporter: Zwei Uhr siebzehn. Der lange alte General schlief. Das Geheimnis des Erfolgs der großen alten

Staatsmänner ist sehr einfach: sie schlafen leicht ein. Sie können überall und in jeder Situation leicht einschlafen, zu einem tiefen, kurzen und erquickenden Schlaf. Sie schlafen während Autofahrten, auf diplomatischen Konferenzen und in ihren Betten. Die Welt ist angefüllt mit schlafenden Staatsmännern.

DICHTER: Die pfeifenden Geräusche des Morse-Apparats im Funkwagen der Polizei-Escadre wie Signale vom Mond. Aus Richtung Comédie Française ein Räuspern, wahrscheinlich von Racine. Ein Hund, der an den Sockel von Diderots Denkmal pißt. Geruch von Veilchen.

Schlagzeug aus.

ERZÄHLER: Wir gingen über den von schwankendem elektrischem Licht, aber auch vom Mond beleuchteten Platz der Kreuzung auf die Ecke der Rue des Boulangers zu. Die Fenstergesimse zeichneten sich schwarz auf den Fassaden der grauen alten Häuser ab. Als wir an dem Eingang der Metro-Station vorbeikamen, blickte ich in den Treppenschacht hinab; ich konnte die weißen Emailschilder mit dem Wort ›Poussez‹ an den Türen lesen. Ich wußte, daß die Türen dunkelgrün waren. Um diese Stunde mußten sie geschlossen sein.

Raumwechsel

REPORTER: Der General erinnerte sich im Traum eines Wortes von Malraux. »Die Sprache Ihrer Reden und Memoiren«, hatte Malraux zu ihm gesagt, »ist wundervolles altes klassisches Französisch. Ihr Stil ist der Stil von Montesquieu.« Jetzt wiederholte Malraux seine Worte, im Traum des Generals, über dessen Gesicht ein Lächeln glitt.

Schlagzeug

DICHTER: Portillon automatique. Der süßliche Brodem in

den Schächten, Carnets für den Hades. Die Eingänge im Jugendstil, von Guimet entworfen, Ranken aus Eisen. Donnernde Züge über den Styx, hinter dem portillon automatique.

Schlagzeug aus.

ERZÄHLER: In diesem Augenblick brach der Algerier aus seiner Deckung vor. Er hat sicher nicht damit gerechnet, daß Pierre einen Begleiter bei sich hatte, aber er mußte den Überfall riskieren. Es war ein Glück für Pierre, daß ich in jener Nacht der Giraffe sein Gast war. Vielleicht habe ich den Algerier um einen Sekundenbruchteil früher gesehen als Pierre, ich sah ihn, wie man einen Schatten sieht, aber was nicht zu einem Schatten paßte, war der matte Schein eines Gegenstandes, der, während ich Pierre zur Seite riß, in den Ärmel seiner Jacke fuhr und den Stoff mit einem kurzen krachenden Geräusch aufriß, ehe er auf das Fleisch von Pierres Arm traf.

Raumwechsel

REPORTER: Einer der Hunde des Generals stöhnte im Schlaf, wachte auf, gähnte und schlief gleich wieder ein. Die Hand des Generals glitt von der Bettdecke und hing eine Weile über der Kante des Bettes, bis sie sich wieder auf der Brust des Generals mit der anderen Hand zusammenfand, wie zu einem Gebet. Der General schlief immer, als wäre er aufgebahrt – der König von Frankreich auf einem Katafalk.

Schlagzeug

DICHTER: Entscheiden Sie sich! Sie können die Faust ballen, wenn auch nur in der Tasche, oder Sie können versuchen, die Frequenz des menschlichen Auges zu erweitern. Die Empörung oder eine neue Sorte Blau im Spektrum – aber entscheiden Sie sich!

Schlagzeug aus.

ERZÄHLER: Ich glaube, daß der Schmerz, den das Stilett in Pierres Oberarm verursachte, Pierre gerettet hat. Es riß ihn in eine scharfe und augenblickliche Bewußtheit, die ihn veranlaßte, mit der rechten Hand nach dem Handgelenk des Algeriers zu greifen und es abzuknicken; seine Faust pflückte das Stilett wie eine Frucht aus der geöffneten Handfläche des Algeriers, der in die Knie brach, als ihm Pierre das Messer mit einer Bewegung von automatischer und besinnungsloser Härte in die Brust stieß. Dann knickte er nach hinten um und stürzte über den Stufen der Metro-Treppen zusammen. Er rutschte noch ein Stück nach unten, ehe er liegenblieb. Wir liefen hinab und blickten ihn an, aber er war völlig stumm; in seinen weißen gebrochenen Augen war ein Widerschein des Laternenlichts von der Straßenkreuzung. Pierre zog ihm das Messer aus dem Leib und warf es die Stufen hinab; es schlug klirrend an die Türen der Metro-Station. Dann gingen wir leise und eilig die Rue des Boulangers entlang bis zu Pierres Haus. Als ich ihm oben in seiner Wohnung den Arm verband, – er blutet heftig, – murmelte ich: »Das gekaufte dreckige kleine Subjekt!« Pierre sprach fast nichts, aber gegen Morgen, als schon das trübe Licht eines Regentages über die Dächer der Ile St. Louis kroch, die man von seiner Wohnung aus überblickt, sagte er: »Das war meine Liste nicht wert.« Sein Gesicht war bleich, und als ich ihn ansah, wußte ich, daß er von Lacanau-Océan, oder wohin immer er ging, nicht mehr zurückkehren würde.

Noch einmal ein paar Takte der Marseillaise, wie am Anfang.

Der Verfasser hat an zwei Stellen insgesamt zehn Sätze aus Texten des surrealistischen Dichters Benjamin Peret und des Chefredakteurs der pariser Zeitung ›Express‹, Jean-Jaques Servan-Schreiber, in der Form der Zitat-Montage verwendet.

Der Tod des James Dean
Eine Funkmontage

Texte von John Dos Passos, Robert Lowry, E. E. Cummings, Allen Ginsberg, Robinson Jeffers, Kenneth Patchen, Kenneth Rexroth, Delmore Schwartz,
begleitet von der Trompete von Miles Davis
Die Musik von Miles Davis und seinem Quintett:
Aufnahme der Firma Fontana Nr. 460.603 MF mit der Musik zum Film ›Ascenseur pour l'Echafaud‹
sowie ein Ausschnitt aus ›My Funny Valentine‹ auf ›Cooking with the Miles Davis Quintet‹, Firma Metronome Records, Nr. MEP 357

Sprecher
Gegenübergestellt werden in dieser Sendung zwei Gruppen von Texten. Da ist einmal der Bericht des amerikanischen Schriftstellers John Dos Passos über Leben und Tod des Schauspielers James Dean. In den Ausschnitten aus dem großen Gedicht des jungen Allen Ginsberg, das den Titel ›Geheul‹ trägt, weitet sich die einfache Reportage Dos Passos' aus zum Bericht vom Seelenzustand derer, die man »die finstere Jugend Amerikas« nennt, oder auch »die geschlagene Generation«. Allen Ginsberg wurde mit diesem Gedicht ihr Sprecher.
Da ist zum anderen der Bericht des Journalisten Robert Lowry über den Weltmeisterschaftskampf im Mittelgewicht zwischen Ray Robinson und Jake La Motta. Zu ihm gehören die Stimmen einiger älterer, aber noch nicht sehr alter Dichter Amerikas, wie E. E. Cummings, Kenneth Patchen, Kenneth Rexroth, Robinson Jeffers und Delmore Schwartz.
Zwischen dem Boxkampf in Chicago und dem Tod von James Dean liegt ein Zeitraum von etwa fünf Jahren. In diesen fünf Jahren hat sich entwickelt, was in einer Gestalt wie James Dean und in einem Gedicht wie dem von Allen Ginsberg Gestalt gewann. In den Texten der Älteren, in der Figur des Boxers Ray Robinson, wie Lowry sie zeichnet, ist die Stimmung fünf Jahre später schon vorgeformt. Die Dichter wissen mehr.
Deshalb wurden diese Dokumente ineinander montiert. Und weil die finstere Jugend da ist, unter uns. In Amerika, in Deutschland, in Rußland, überall. In Amerika hat sie bereits zur Sprache gefunden. Darum ist es möglich, von ihr zu sprechen.

Die Sendung beginnt mit dem Baß-Solo ›Evasion‹ (Pierre Michelot aus dem Miles-Davis-Quintett)

Der Sprecher legt den Beginn des Cummings-Textes rhythmisch genau unter die Baß-Schläge

Cummings
by gorry
by jingo
by gee
by gosh
by gum
verstummen
muß das Gequatsche von der Schönheit, was könnte
schöner sein als unsre tapfren seligen Toten, die
wie die Löwen zum Gemetzel rannten munter,
nicht stoppten, um zu denken, lieber starben sie,
soll nun der Freiheit Stimme nicht mehr tönen?

Baß blitzschnell trocken wegnehmen

sprachs. Und kippte ein Glas Wasser runter.

Lowry
Der Ring war jetzt leer, und in seiner Leere bot er denselben mageren Anblick aufgeblasener Wichtigkeit, den ein Schlachtfeld bietet, wenn eine Schlacht geschlagen ist und die nächste noch nicht begonnen hat. Auf dem Boden nahe der Ringmitte war ein matter, frischer Fleck von Bang Bangs Blut.
Auf allen Seiten des Stadions gingen die Lichter aus. Die Orgel verstummte. Nur der kleine, verlassene Ring dort unten leuchtete noch. Fünfzehntausend Menschen können nicht völlig still sein, aber wenn sie es versuchen, dann ist es ein eindrucksvolles Unterfangen. Jetzt versuchten sie es, als zwei lange Lichtstangen von Scheinwerfern irgendwo nahe der Decke plötzlich nach unten sprangen, sich zögernd einige Male über die Zuschauermenge hin- und hertasteten, dann wie ein riesiges, ungewolltes Symbol des bevorstehenden Leidens ein Kreuz formten und sich auf die Türen an den entgegengesetzten Seiten des Stadions hefteten.

Anfang von ›Au Bar du petit Bac‹, unter den ersten Takten der Solo-Trompete (Miles Davis) noch kein Text, dann Sprecher mit unterlegter, etwas zurückgenommener Musik

Dieses Schema gilt für alle weiteren Einsätze des Sprechers der Ginsberg-Texte

GINSBERG

Ich sah die besten Köpfe meiner Generation vom Wahn
zerstört hungrig hysterisch nackt

Musik hochziehen

die arm, zerfetzt, hohläugig und blau im übernatürlichen
Dunkel der Armeleutewohnungen rauchend saßen,
schwimmend über dem Häusermeer in Jazz-Ekstase

Musik

die unter der S-Bahn ihr Hirn dem Himmel zeigten und
wahrnahmen schwankende mohammedanische Engel
auf Mietskasernendächern

Musik

die durch die Universitäten gingen mit strahlend kühlen
Augen, Arkansas-Traumbilder und höllisch erhellte
Tragödien bei den Schülern des Krieges erweckend

Musik hoch, dann unter dem Text wegnehmen, so daß von »und lauschend« an der Sprecher seinen Text ohne Musik zu Ende spricht

die in Unterhosen auf dreckigen Buden hockten, ihr Geld
im Papierkorb verbrennend und lauschend auf die
Angst von nebenan

Kurze Pause

DOS PASSOS
James Dean ist tot seit drei Jahren, aber immer noch geistert er, jung und finster, durch die Schlagzeilen. James Dean ist tot, seit drei Jahren, aber wenn sie aus dem dumpfen Dunkel, aus der Stickluft der Vorstadtkinos drängeln, wo ein alter Dean-Film läuft, die Boys in den Lederjacken, in den hohen Stiefeln, die Boys in den hautengen Blue-Jeans, die Boys mit den handbreiten Motorradkoppeln um den Leib, so stehen sie heute noch da, einer neben dem andern, vor den Spiegeln in der Herrentoilette, und sie blicken ihr Spiegelbild an und sehen James Dean; die meuternde Frisur, die tiefsitzenden schwimmenden Augen des Ausgestoßenen, den bitteren Ausdruck des Geschlagenen im Gesicht, die Lippen höhnisch verzogen. Sie ziehen die Taschenkämme, sie wühlen in ihrem Haar und klatschen es hin, einer wie der andere, auf den Millimeter genau, hingerissen tauchen ihre Augen in die Augen im Spiegel, sie verzerren den Mund zu einer Grimasse der Verachtung, jeder Fan ein gottverlassener Narziß, verliebt in sein eigenes Bild, jeder ein kleiner James Dean.

Ganz kurzer Einsatz des Anfangs von ›Générique‹, zuerst die Trompete (Miles Davis), bis zum Schluß des Klavier- und Baß-Taktes (Pierre Michelot und Réné Urtreger)

Vor Einsatz des Sprechers Musik kurz wegnehmen

PATCHEN
Im nächsten Jahr wird die Erde uns bedecken.
Jetzt stehen wir hier und sehen den Mädchen,
die vorbeikommen, nach und lachen;
wir wetten auf langsame Pferde und trinken billigen Gin.
Wir haben nichts zu tun; nichts, wo wir hingehen könnten;
keiner.

Das vergangene Jahr war das Jahr zuvor und nicht mehr. Wir waren damals nicht jünger und sind heute nicht älter.

Der dem vorhergehenden Anfang von ›Générique‹ folgende Trompeten-Takt plus Wiederholung wie ein Signal, das schnell weggenommen wird

LOWRY
Als Jake La Motta, der Champion im leopardengefleckten Umhang, drei Viertel der langen Strecke zurückgelegt hatte, hielt er an, und die Menge jubelte ihm zu, während Ray Robinson, der Herausforderer, seinen Weg fortsetzte. Eine rituelle Regel ist, daß der Herausforderer zuerst den Ring betritt; und als Ray Robinson durch die Stille schlüpfte und seinen Gehilfen gegenüberstand, ohne Schattenboxen, ohne über dem Kopf gefaltete Hände, ohne Gesten für das Publikum, erhielt er mäßigen Applaus, der nicht zu vergleichen war mit dem Getöse, das sich erhob, als La Motta den Ring betrat und seinen massiven, harten Körper einmal im Kreise drehte, indem er seinen mächtigen Arm emporhob, so daß alle Welt ihn bewundern konnte. Der klassische Zweikampf bleibt sich immer gleich: ein schmächtiger, behender Mann von einnehmendem Äußern kämpft gegen ein häßliches Ungetüm, das größer und stärker ist als er, und besiegt es. Das Ungetüm ist mutig und greift an, ohne auf seine Sicherheit bedacht zu sein. Auch der Mann ist mutig, aber er muß sich anderer Waffen bedienen als nur der blinden Kraft. Der echte Boxer gebraucht seinen Kopf und gestaltet sich Runde um Runde den Kampf nach seinem eigenen Tempo.
Es war Ray Robinsons Plan, den Stier bis in die Zehenspitzen zu ermatten, bevor er ihn zum Opfer darbrachte. Da das sieben oder zehn oder zwölf Runden dauern konnte, in denen er landen und dem gewaltigen, entschlossenen Ungetüm ausweichen mußte, steckte der Plan voller Gefahren.

Gerade diese besondere Art der Gefahren gab dem Kampf das besondere Interesse, das er anderen großen Treffen voraus hatte.

Musik-Einsatz für Ginsberg-Text (siehe vorn). Fortsetzung von ›Au Bar du petit Bac‹

GINSBERG
die auf der Rückreise durch Laredo mit Marijuana für New York im Gürtel Bauchtritte bekamen

Musik hochziehen

die sich an U-Bahnen ketteten, um die endlose Fahrt von der Battery zur heiligen Bronx mit Wachtabletten zu erleben, bis der Lärm der Räder und Kinder sie schauernd mundmatt und verblödet allen Geistes entleert im grauen Zwielicht des Zoos erschlug

Musik

die sich in Güterwagen Feuer gaben, in Güterwagen, die durch den Schnee rasselten, einsamen Farmen bei Großvater Nacht entgegen

Musik

die durch die Straßen Idahos irrten auf Suche nach sehenden indischen Engeln, die auch sehende indische Engel wären

Musik

die Plotin Poe Juan de la Cruz Telepathie und bop-cabbala Studien trieben, weil der Kosmos in Kansas emphatisch unter ihren Füßen vibrierte

Musik wegnehmen, so daß der Sprecher von »dem narkotischen« an seinen Text ohne Musik zu Ende spricht

die sich Zigarettenlöcher in die Arme brannten, dem narkotischen Tabakmief des Kapitalismus zum Trotz

Kurze Pause

Dos Passos
Seine Presse-Agenten haben uns alles erzählt: wie James Dean ohne elterliche Liebe aufgewachsen sei, ein Waise, ein Farmerjunge, der in der Schule nicht mitkam, ein armes Kind, das nie eine Chance hatte, ein Sohn der schwarzen Erde von Indiana.
Nie hat er den näselnden Tonfall des Mittelwestens ganz abgelegt – damals im Mittelwesten – Geister der Vergangenheit – Träumereien von der guten alten Zeit der Zwiebackfässer in den Gemischtwarenläden – das Leben auf dem Mississippi – die langen Träume der Jugend – der Reisende aus Arkansas – Huck Finn, der Hundertjährige, immer noch mit Jim, dem entlaufenen Sklaven auf dem unsterblichen Floß stromab treibend.
Es gab eine Zeit, da konnte man über sie lächeln, über die Jugend Amerikas. Sie ist vorbei.

Fortsetzung von ›Générique‹ bis zu dem langgezogenen Trompetenton. Vor Einsatz des Sprechers Musik kurz wegnehmen

Patchen
Wir geben uns Mühe auszusehen, wie junge Männer aussehn;
hinter unsren Gesichtern fühlen wir nichts, weder so oder so.
Wir werden wahrscheinlich sehr tot sein, wenn wir sterben.

Wir waren die ganze Zeit nichts, nicht einmal Soldaten.
Wir sind die Gekränkten, Bruder, die verzweifelte Jugend,
Schlafwandler in einem dunklen furchtbaren Land,
wo Einsamkeit wie ein schmutziges Messer uns an der Kehle sitzt.
Kalt sehen die Sterne uns an, Mensch.
Kalte Sterne und Dirnen.

Folgender Takt von ›Générique‹ bis zu dem kurzen hohen Ton, der schnell weggenommen wird. Ein Signal

LOWRY
Aber schon in der ersten Runde, als Jake La Motta – kein Leopard, sondern nur ein Mann, nachdem er seinen Umhang abgelegt hatte – geduckt und kampfeslüstern über den Ring auf Robinson losging, mit einer im Winkel von fünfundvierzig Grad auf Robinsons Gesicht gezielten Linken, wurde noch etwas anderes offenbar: der Stier war von der Größe der Begebenheit zu einer Leistung befeuert, die ihm niemand zugetraut hätte; und eine solche Befeuerung kann sich manchmal – trotz Schönheit und Geist und Plänen und Behendigkeit – durchsetzen.
Ray Robinson, in eigener Person und eigener Leistung, jabte hart mit seiner Linken und wich aus und jabte wieder und wich aus und fehlte und fehlte, aber wich aus. Und La Motta, der gern nehmen wollte, wenn er dafür das Privileg eintauschen konnte, zu geben, blieb ihm auf den Fersen mit einem Gesicht, das keine Deckung hatte gegen die stechende Linke, aber mit Fäusten, die gegen Rays Gesicht und Körper gerichtet waren. Die Menge, die von Plänen nichts wissen wollte, sondern nur von Angriffslust und Mut, jubelte für La Motta, daß die Ohren dröhnten, und ihr eigenes Blut verblendete sie. Sie bejubelten ihn durch die zweite und dritte und vierte und fünfte und sechste und siebente und achte und neunte Runde.

Musik-Einsatz zu Ginsberg (wie vorn). Beginn des schnellen Satzes ›Sur l'autoroute‹ bis zum Ende des Wechsel-Solos Tenorsaxophon (Barney Wilen) und Schlagzeug (Kenny Clarke)

GINSBERG
die das gesottene Hammelfleisch der Phantasie aßen oder den Krebs auf schlammigen Fußböden des Armenviertels verdauten

Musik hochziehen

die in Harlem im sechsten Stock husteten flammengekrönt unter dem schwindsüchtigen Himmel umgeben von orangefarbenen Kisten voll Theologie

Musik

die aus Verzweiflung in ihren Fenstern sangen, aus dem U-Bahn-Fenster fielen, in den dreckigen Passaic-Fluß sprangen, Neger angriffen, auf zerbrochenen Weingläsern barfuß tanzten, europäisch-nostalgische Jazz-Platten aus dem Deutschland der Dreißiger-Jahre zerschlugen, den Whisky austranken und ächzend ins blutige Klosett spieen, Schluchzen im Ohr und den Stoß kolossaler Fabrikpfeifen

Musik hoch, dann unter dem Text wegnehmen, so daß von »oder einfach« ab der Sprecher ohne unterlegte Musik zu Ende spricht

die in ihren unschuldigen Flanellanzügen auf Madison-Avenue lebendig verbrannt wurden im Feuerstoß bleierner Verse und dem überspannten Gerassel eiserner Moderegimenter und dem Dynamitgekreisch androgyner Werbefachleute und dem Tränengas finsterer kluger Redakteure, oder die einfach von den trunkenen Taxis der unbedingten Wirklichkeit überfahren wurden

Kurze Pause

DOS PASSOS
»Ich nehme mich und meine Arbeit tödlich ernst.« So äußerte sich, den Film-Magazinen zufolge, James Dean über seinen Charakter.
»Ich bin entsetzlich scheu, linkisch, und so besessen und nervös, daß ich nicht begreife, wie es jemand mit mir im selben Zimmer aushalten kann. Ich jedenfalls könnte die Gesellschaft eines Menschen, wie ich es bin, einfach nicht ertragen.«
Die Teenager aber sagen:

Raumwechsel. Nah am Mikrofon, intensiv

JUNGE
Er hat recht. Alles, was er gesagt hat, war rauh*. Einfach rauh.

Raumwechsel

DOS PASSOS
Die Jugend Amerikas geht nicht mehr barfuß, sondern in California-Slippers.
Die Farmerjungen aus dem Mittelwesten wissen nichts mehr von Kühen, die vor Tagesanbruch gemolken werden müssen. Sie haben kein Holz mehr zu hacken, keine Pferde mehr zu striegeln, keinen Hafer mehr auszuteilen, keine Öllampen mehr nachzufüllen. Sie haben nichts mehr zu tun, und vor dem Schlafengehen wartet kein Kapitel aus

* ›rauh‹, ein beliebter Ausdruck der deutschen Halbstarken, wurde gewählt als Entsprechung für das im amerikanischen Slang-Gebrauch unübersetzbare ›cool‹

der Bibel mehr darauf, vorgelesen zu werden, keine stimmgewaltigen Pfarrherren bläuen ihnen mehr Sonntag für Sonntag von der Kanzel herab ein: der schmale Pfad führt zum Himmel, der breite in die Hölle; niemand prüft sie mehr auf Herz und Nieren; höchstens ist da mal ein Paket vom Supermarkt heimzubringen oder vielleicht der Wagen zu waschen, ehe man rasch zum Drugstore um die Ecke fährt, um ein Coca-Cola zu trinken oder ein Päckchen Zigaretten zu holen – die bekannte Marke –, oder ein Comic-Heft voller wüster Zinken, die rufen Mord und Nierenschlag und Vergewaltigung auf jeder Seite.
Saftige Sachen sind *das* Geschäft! Die fiesen Verkaufskanonen wissen, wo der Nerv sitzt. Aus den Radios trommelt der letzte Rock, auf dem Bildschirm verschwimmt die neueste Schnulzenkönigin, und die Verkaufskanonen heulen dazwischen, kauft den neuen Transistor-Empfänger, handtellergroß, zum Mitnehmen in die Ferien, damit ihr auch am Meer, im donnernden Rauschen der Brandung, oder im tiefsten Gebirgstal, zeltend zwischen grünen Hügeln, nicht allein seid, daß ihr euch nie und nimmermehr befreit vom Geheul und Gewinsel derer, die euch etwas verkaufen wollen.

Kurze Pause

Sie haben es satt. Ist das das Leben? Die jung sind, wissen es besser. Ihre Väter haben einen Krieg gewonnen und dafür den Frieden verloren, weil sie zu feige waren, ihn zu behaupten. Sie haben sich von den Bonzen und den Politikern einwickeln und fertigmachen lassen. Sie sind Unterdrückte und merken es nicht: ihre Augen hängen am Fernsehschirm – Freiheit, ich höre immer Freiheit: wozu soll das gut sein? Wir wollen Sicherheit für alle und Renten und Fürsorge und Haifischflossen auf unsere Wagen und alles freundlich verpackt – – aber für die Aura, den Glanz des Lebens, gibt es keine Frischhaltepackung:
die jung sind, wissen das ganz genau.

Fortsetzung von ›Générique‹. Vor Einsatz des Sprechers Musik kurz wegnehmen

JEFFERS
Ich würde meine Hand
in langsamem Feuer verbrennen,
Die Zukunft zu ändern ...
Ich handelte töricht. Die Schönheit
Des heutigen Menschen ist nicht
in den Einzelnen, sie ist
In dem verzweifelten Rhythmus, den dumpfen
sich drängenden Massen,
Im Tanzschritt der traumgeleiteten Massen
den Berg hinunter.

Weiter ›Générique‹, kurze Signalstelle. Sofort wegnehmen

LOWRY
Die Masse erkannte nicht, daß der angreifende Mann nicht immer der siegende Mann ist, daß ein Boxer mit Rays außergewöhnlichem Können im Ausweichen härter treffen kann als die meisten Boxer im Vordringen, daß Ray plante, seinen Stier auszubluten und ihn an der Nase herumzuführen und zu ermatten, bis diese eisernen Fäuste unter ihrem eigenen Gewicht heruntersanken und diese langsamen Füße ihn nicht mehr vorwärtstrugen. Die Menge wollte nicht sehen, daß mit jeder neuen Runde La Motta ein neues rotes Mal seines Mutes trug: einen hellen roten Fleck wie ein Muttermal um seine Nase, schmerzhafte Wunden an beiden Backen, ein geschwollenes linkes Auge.

Musik-Einsatz zu Ginsberg (Schema siehe vorn). Fortsetzung von ›Sur l'autoroute‹, das dem Schlagzeug-Tenorsax-Wechsel folgende Trompeten-Solo (Miles Davis)

GINSBERG

die in einzelnen Riesenkinos dahindämmerten, in Träumen umhergeschoben wurden, jäh in Manhattan erwachten, und sich verkatert vom unbarmherzigen Tokaier und erschreckt vom Graus eiserner Träume auf Third Avenue aus Kellern verzogen und auf die Stempelstellen wankten

Musik hochziehen

die in Kisten saßen, um das Dunkel unter Brücken einzuatmen, und dann aufstanden, Clavichorde auf ihren Speichern zu bauen

Musik

die ihre Uhren vom Dach schmissen, um eine Ewigkeit jenseits der Zeit zu wählen, aber Wecker fielen ihnen im nächsten Jahrzehnt täglich aufs Haupt

Musik wegnehmen, so daß der Sprecher von »und endlich gingen« an seinen Text ohne unterlegte Musik zu Ende spricht

die nach Denver fuhren, in Denver starben, nach Denver kehrten zu fruchtloser Wacht, die Denver hüteten und einsam starrten in Denver und endlich gingen, die Zeit zu erfragen, und jetzt vermißt Denver seine Helden

Kurze Pause

DOS PASSOS

Sicher, sie haben es satt. Wie sollten sie es nicht satt haben? James Dean hatte es auch dann noch satt, als der Erfolg da war, als er im Geld schwamm. Darin unterschied er sich von der Masse jener Halbstarken, die vor den Kino-Ein-

gängen herumlungern. Er hatte das Zeug zu einem großen Schauspieler, so urteilten die Kritiker. Er gewann einen Filmpreis nach dem anderen. Das Publikum wählte ihn zum ›Filmschauspieler des Jahres‹, als er bereits tot war.
»Eine rare Mischung von Wahrheit, Schönheit und Komik zeichnet sein Talent aus.«
Damals schon, in seinen Anfängen, hieß es: James Dean hat die Nase voll. Und es hieß: Die Familienverhältnisse sind schuld daran. Die Ehe seiner Eltern war entzwei gegangen. »Seit ich neun Jahre alt bin, habe ich keine Mutter gehabt. Sie hat vergessen, daß es mich gab. Ich bin ihr nichts schuldig. Von mir hat keiner was zu wollen.« Sein Vater heiratete ein zweites Mal. James wurde zu einer Tante und zu einem Onkel gesteckt, die eine kleine Farm in Fairmount, Indiana, besaßen. Er war ein Eigenbrötler. Seine Augen waren sehr schlecht. Er kam in der Schule nicht mit, aber als er in die Oberstufe kam, spielte er Baseball und Basketball, war der Erste in Leichtathletik und spielte die Hauptrollen auf der Schulbühne. Als Primaner wurde ihm die Ehrennadel ›Bester Sportler des Jahres‹ verliehen.
An der Schule gab es auch einen Kurs für Sprecherziehung und Redekunst. Die Lehrerin, die diesen Unterricht gab, war sehr von ihm eingenommen. Sie witterte das Talent. Sie half ihm bei der Einstudierung seiner Rollen. Sie veranlaßte ihn, an einem Wettbewerb des Staates Indiana teilzunehmen. Auf dieser Veranstaltung trug er den ›Wahnsinnigen‹ von Dickens vor und gewann den ersten Preis.
Als in Colorado ein Allamerikanischer Wettbewerb im gleichen Fach ausgeschrieben wurde, brachte sie ihn soweit, sich dafür zu melden. Dean fiel durch. Plötzlich hatte er es satt. Der Lehrerin hatte er seinen Mißerfolg nie verziehen. Sein Vater arbeitete als Zahntechniker in Los Angeles. James Dean zog nach dem Abitur zu ihm. In Los Angeles lernte er einen Mann kennen, der Schauspieler werden wollte

und bei einem ehemaligen Hollywood-Star Stunden nahm. Dean schloß sich an. Als er vor den Schülern eine Fichte im Sturm pantomimisch darstellte, war die ganze Klasse hingerissen. Dean hatte seinen Beruf gefunden. Er lungerte in Los Angeles herum, gewöhnlich vollkommen pleite, arbeitete als Platzanweiser in einem Kino, schnappte sich gelegentlich eine Statistenrolle in den großen Filmstudios oder einen kleinen Auftritt im Fernsehen, träumte, hungerte, von Wünschen verzehrt, aß kalte Spaghetti aus der Büchse. Schmutziges Hemd, Haare, die nach dem Friseur schrieen, Stoppeln im Gesicht: er war der ruppigste Hund, der in ganz Los Angeles herumlief. Wenn es nicht anders ging, half er als Parkwächter aus, um zu einem halben Dollar zu kommen. Ein halber Dollar, das bedeutete ein Hacksteak und eine Tasse Kaffee.

Fortsetzung von ›Générique‹. Vor Einsatz des Sprechers Musik wegnehmen

JEFFERS

Und das Leid ist so drückend, daß deine Menschen gehn
        und Vernichtung erbitten –
das ist leider nicht ungewöhnlich im Leben;
ausgenommen ist keiner. Doch warum darauf bestehen?
        Jetzt aber
das Schlimmste: du hast niemals Dämonen
noch Leidenschaft noch Idealismus als wirklichen Gott
        angesehn.

Wieder ›Générique‹, kurze Signalstelle. Sofort wegnehmen

LOWRY

Aber in der neunten Runde zeigte Ray, auf welche Seite der Kampf sich neigte, indem er nun zum Angriff überging und Haken, Jabs und vernichtende Schläge austeilte, statt zurückzuweichen und zu kontern. Noch ging der

Stier auf seinen Gegner los, aber es war ein müderer Stier, der weich wurde. Er versuchte nicht mehr, seinen Quälgeist auszupunkten und Runden zu gewinnen, sondern lediglich anzugreifen und irgendwie, durch irgendein wildes Wunder, den glücklichen Punch zu landen, der den Kampf entschied.

Aber es war später für Jake La Motta, als man ahnen konnte. Was Ray Robinson in der neunten Runde angedeutet hatte, demonstrierte er in der zehnten; er setzte seine Lektion in der elften fort, er stand den Todeszukkungen eines Champions gegenüber – diesem ergreifenden, tragischen Augenblick, als Jake La Motta von den Toten zurückkehrte, ihn in die Ecke drängte und auf ihn einschlug mit allem, was er nicht mehr hatte. Er schlug auf einen schwer gedeckten Mann, der nur aus Ellbogen und Handschuhen und Unterarmen und beweglichen Gliedern bestand, der seinen Stier die letzte Unze Angriffskraft verbluten ließ, sich dann an ihm vorbeimanövrierte, um die letzte Phase einzuleiten.

Musik-Einsatz zu Ginsberg (Schema siehe vorn). Fortsetzung und Schluß von ›Sur l'autoroute‹

GINSBERG

die nach Mexiko gingen, eine Gewohnheit pflegen, nach
Rocky Mount Buddha anbeten oder nach Tanger zu
Knaben oder zur schwarzen Southern Pacific-Lokomotive oder nach Harvard zum Narzissus-Komplex
nach Woodlawn zur Orgie oder ins Grab

Musik hochziehen

die vor Gericht das Radio als unzurechnungsfähiges hypnotisches Mittel anklagen wollten und mit ihrem eigenen Wahnsinn und ihren Händen und unentschiedenen Geschworenen verblieben

Musik

die Vortragende über Dadaismus am City-College mit Kartoffelsalat bewarfen und später auf den Granitstufen des Tollhauses mit rasiertem Kopf und von Selbstmord faselndem Wortsalat erschienen und sofortige Lobotomie verlangten

Musik wegnehmen, so daß von »Wassertherapie« an der Sprecher seinen Text ohne unterlegte Musik zu Ende spricht

denen man anstattdessen die konkrete Leere gab von Insulin, Metrasol, Elektroschock, Wassertherapie, Psychotherapie, Wiederherstellungstherapie, Ping-Pong und Amnesie

Kurze Pause

DOS PASSOS
James Dean verlor langsam die Geduld. In Los Angeles kam er nicht voran. Er entschloß sich, es mit New York zu versuchen, setzte sich in den Autobus und fuhr quer durch den ganzen Kontinent. Ein Jahr lang trieb er sich unter den arbeitslosen Schauspielern am Broadway herum. »In New York ist wenigstens etwas los. Es ist eine lebendige und schöpferische Stadt«, pflegte James Dean den Reportern zu versichern. »Mir liegt die rhythmische Figur von New York, sein Tonus, sein Tempi.«
Er fing an, einen Privatjargon zu sprechen, montiert aus Kaffeehaus-Geschwätz über Be-bop und Bach, ein paar abgestandenen Brocken Freud, Formeln des Existentialismus, Gesprächsfetzen aus Genet-Übersetzungen (unterm Ladentisch verkauft): »Unsere Liebe Frau von den Blumen«: »Diese Tour könnt ihr ohne mich schieben.« Slang als Ausdruck der Persönlichkeit. In der schäbigen Wüste des New Yorker Sommers war James Dean allein. Es

fehlte ihm an allem: an Freunden, an Mädchen, an Piepen. Da kommt seine Chance, und er greift sofort zu: ein junger Regisseur interessiert sich für ihn, lädt ihn zum Segeln ein auf seine Jolle draußen im Sund, gibt ihm eine Rolle in einem Stück, das alsbald durchfällt, aber New York hat Dean gesehen.
Seine nächste Rolle ist die des erpresserischen Arabers aus dem ›Immoralisten‹ von André Gide. Er wirft die Rolle nach ein paar Aufführungen wieder hin, das Stück wird abgesetzt, aber die Leute, die am Broadway zählen und die das Theatergeschäft kennen, haben ihn spielen sehen. Die Kritiken sind fulminant. Dean ist entdeckt. »Geh mit Haut und Haaren in deine Rolle ein«, hatte Stanislawsky seinen Schülern geraten.
Dean nimmt ihn beim Wort. Sein Benehmen ist unerträglich. Wenn er mit den Reportern redet, klebt ihm die Zigarette an der Unterlippe, und er wirft ihnen seine Sätze hin, wie man einem Hund einen Knochen hinwirft: »Schließlich kann ich nicht nach Feierabend den umgänglichen Dackel spielen, wenn ich an einer Rolle wie Cal arbeite, die absolut dämonisch ist.«

Musik. Beginn von ›Florence‹, erster Trompeten-Einsatz und dann die ersten Baß-Takte. Wegblenden vor Sprecher-Anfang

REXROTH
Man sagt, wir seien verloren, unmoralisch, verrückt,
und kam mit Wirtschaftsplänen dazwischen,
und heute schlagen Millionen,
die in den Sarg der Verhältnisse eingesperrt sind,
gegen die unter Erde vergrabenen Stirnen,
drängen sich in verfallenen Kellern und hadern
über ihr eigenes, in Fetzen zerrissenes Fleisch.

Musik. Kurzes Trompeten-Signal, das der vorhergegangenen ›Florence‹-Sequenz folgt. Schnell wegnehmen

Lowry

Durch die zwölfte und einen Teil der dreizehnten Runde blieb La Mottas Stolz, daß er im Ring immer aufrecht auf den Beinen stand, unangetastet, während das Gesicht, das zu diesem Stolz gehörte, sich fürchterlich veränderte. Eine Menge, die gekommen war, um Blut zu sehen, sah Blut, sah, wie ein Mann zerschlagen wurde, sah, wie sich ein Plan aus dem scheinbar zufälligen Austausch von Schlagkraft und Ausweichtaktik der früheren Runden herausschälte. Die Menge, stehend und brüllend wie ein einziges heiseres, unmenschliches Tier, war eine wankelmütige Menge, denn sie hatte La Motta vergessen und brüllte für das, was sie eigentlich sehen wollte: das Blut, den Schmerz, die Gewalt und einen neuen Champion, selbst verletzt und blutig, der in einem plötzlichen, blutbeschmierten Glanz vor sie hintrat.

Musikeinsatz zu Ginsberg (Schema siehe vorn). Diesmal wieder ›Au Bar du petit Bac‹-Beginn

Ginsberg

Ich sah die besten Köpfe meiner Generation vom Wahn zerstört, hungrig, hysterisch, nackt

Musik hochziehen

die sich auf der Suche nach einem Ei unter Metzgerautos warfen

Musik

um dann nach Jahren wiederzukehren richtig kahl bis auf eine Perücke aus Blut, und Tränen und Fingern, ins grausam sichtbare Tollhausschicksal der Säle in den Wahnsinnsstädten des Ostens

Musik wegnehmen, so daß ab »der Lebenstraum« der Sprecher seinen Text ohne unterlegte Musik zu Ende spricht

der stinkenden Hallen Rocklands und Greystones im Pilgerstaat Massachusetts mit den Echos der Seele feilschend im Rock-and-Roll der Mitternachts-Einzelzellen Kromlech-Reiche der Liebe der Lebenstraum ein Alpdruck steingewordene Körper schwer wie der Mond

Kurze Pause

DOS PASSOS
»Absolut dämonisch« – aber wer konnte ihm widerstehen? Die finstere Jugend Amerikas ist ein Mythos, der Klasse macht. Agenten, Manager, Artikelschreiber und Fotografen belagern James Dean, längst ehe sein erster Film in den Kinos anläuft. Selbstverwirklichung, Ausdruck der eigenen Persönlichkeit: um jeden Preis und auf jede Gefahr hin. »Die Schauspielkunst ist die einzig richtige Art und Weise, seine Neurosen abzureagieren.« Er steckt die ersten Gagen ein und schafft sich sofort eine erstklassige Kamera an, um Aufnahmen von sich selbst zu machen, Selbstporträts in schwarz: geladen mit Melancholie und Ressentiment, ein trauriges Gesicht, das den Tod auf sich zukommen sieht, wer könnte ihm widerstehen. Die Fotos: hart ausgeleuchtet, Licht und Schatten, den Kopf in der Schlinge, statt des tödlichen Dolches ein Küchenmesser – Er beginnt von der Bildhauerei zu schwärmen: Bildhauer müßte man sein.
Rennwagen sind seine große Leidenschaft. Geschwindigkeit ist der beste Tod. Er bastelt sich Mobiles, bewegliche Plastiken. Er beschäftigt sich mit dem Stierkampf, liest Hemingways ›Tod am Nachmittag‹.

Raumwechsel. Nah am Mikrofon, intensiv

JUNGE
Rauh. Alles, was er sagte, war rauh. Einfach rauh.

Raumwechsel

DOS PASSOS
Die Rolle, die er vor den Kameras spielt, spielt er weiter, wenn er aus dem Studio kommt. Einer seiner Regisseure nennt ihn »einen mißtrauischen Einzelgänger, der ständig auf der Hut ist«. Ein anderer bringt mehr Nachsicht für ihn auf: »Das ist ein Junge, der im Kommen ist, nichts weiter.« In James Dean bewunderten die Teenager ihr Ebenbild. Alles was er sagte, war ›rauh‹.
Als ›Giganten‹ gedreht wurde, war es schon so weit, daß er sich ärgerte, wenn sich niemand nach ihm umdrehte, um zu sehen, wie er lässig in seine Höhle, die Villa Capri, schob. Er war schließlich James Dean! War das etwa nichts? An der Mambotrommel war er ganz groß. Sein Junggesellenhaus dröhnte wie eine riesige Juke-Box. Die Plattenspieler liefen ständig. Er mußte sich ein abgelegenes Grundstück suchen. Kein Nachbar hätte den unaufhörlichen Rock'n'Roll ertragen.

Musik. Weiterer Ausschnitt aus ›Florence‹. Vor Beginn Sprecher wegnehmen

SCHWARTZ
Es wird Zeit, daß man sich aufrafft! und diesen
banalen Traum abwirft und sich in das Gedränge
der Bahnhöfe unter der Erde begibt, dorthin, wo man
die Last der schlanken Gebäude fühlt,
wo eng in der U-Bahn, anonym
in der Menge, gut angezogen oder ärmlich,
dich die Vielen umstehn und, gefangen in einem Zorn,
der wie in einer Maschine gelenkt ist,
dein Schicksal bedeuten.

Kurzes Signal aus ›Florence‹. Schnell wegnehmen

LOWRY

Das Mitleid kann sich gelegentlich sogar zwischen die Seile eines Kampfrings drängen, und Ray Robinson in der dreizehnten Runde vor seinem weit offenen, gekrümmten, rückwärts torkelnden Gegner hielt manchmal sekundenlang im Angriff inne und schien fast widerwillig von neuem zuzuschlagen. Niemand erwähnte das am nächsten Tag in den Zeitungen, denn die meisten Sportreporter hatten ganz andere Dinge zu beobachten. Aber diese Augenblicke des Zögerns in der dreizehnten Runde, bevor der Schiedsrichter den Kampf unterbrach und den neuen Champion in seine Ecke zurückführte, gaben Ray einen Anstrich von Größe.

Musik-Einsatz zu Ginsberg (Schema siehe vorn). ›Au Bar du petit Bac‹

GINSBERG

die auf Union Square erzkommunistische Hefte verteilten schluchzend und sich entkleidend, während die Sirenen Los Alamos' sie niederheulten und Wall Street sie niederheulte und die Staaten-Island-Fähre heulte auch

Musik hochziehen

die aus verfaulter Tiere Lunge, Herz, Klauen, Schwanz, Borschtsch und Tortillas kochten, während sie nach dem reinen vegetarischen Reich lechzten

Musik schnell wegnehmen. Schluß ohne unterlegte Musik

ach, Carl, wenn du nicht standhältst, halte auch ich nicht stand, und jetzt bist du wirklich im totalen tierischen Sumpf der Zeit.

Kurze Pause

DOS PASSOS

Dean ist arriviert. Manchmal, wenn er einen ruhigen Abend hat, zeigt er sich in einem Nachtclub in Hollywood. Es macht ihm Spaß, mit anderen Berühmtheiten zusammen gesehen zu werden. Eine Zeitlang gibt er sich mit einer jungen Schauspielerin ab, die im Fernsehen als ›Der Vampir‹ auftritt: das blutrünstige Gespenstermädchen, das den Leuten im trauten Heim zu ihrer täglichen Dosis Gänsehaut verhilft, wie ein Bilderwitz von Charles Addams: Dean und der Vampir – die Geschichte einer großen Liebe? Alle, die Dean kennen, sagen: »Nichts dergleichen.« Aber wie warmherzig das Mädchen unter der Schminke sei, wie sie James und seine unterdrückte Wut auf die Welt verstehe. Er hat keine Geheimnisse vor ihr.

Wenige Tage vor seinem Tod schreibt sie ihm eine Postkarte. Das Bild zeigt sie im Vampir-Kostüm neben einem offenen Grab. Der Text: »Komm mit!«

Musik. Weiterer Ausschnitt aus ›Florence‹. Vor Text-Beginn wegnehmen

CUMMINGS

Der Cummings-Text schnell und ironisch, ja zynisch

Platon sagt
es ihm, er konnt
es nicht glauben (Jesus
sagt es ihm, er
wollt es nicht
glauben) Lao
tse
sagt es ihm und ob
und General

(ja
woll)
Sherman,
und sogar
(ob du's glaubst
oder
nicht) du
sagtest es ihm, ich sagte
es ihm, wir sagten es ihm
(er glaubte es nicht, nein
zu Befehl) erst als ein
japanisiertes Stück von
der alten sixth
avenue
S-Bahn in seinem Hirnkasten stak
da mußte er daran glauben

Kurzes Signal aus ›Florence‹, schnell wegnehmen

LOWRY
Als später La Motta, eine halb bewußtlos geschlagene Fleischmasse und nunmehr Ex-Champion, auf dem Schemel in seiner Ecke hockte, stand Ray allein vor der Menge, schon ohne Handschuhe, aber noch mit bandagierten Händen, mit erhobener rechter Hand, deren Finger den Bekannten zuwinkten. Quer über die bandagierte Handfläche zog sich ein langer Streifen Blut – sein eigenes oder La Mottas. Mit schwachem Lächeln, mit blutendem Mund und geschundenem Auge sah er sehr klein aus und sehr menschlich und sehr einsam.

Musik zu Ginsberg-Einsatz (Schema siehe vorn) und gleich wieder wegnehmen. ›Au Bar du petit Bac‹

GINSBERG
die auf die Straßen der Vergangenheit rasten, um einander

auf Wacht im Rennwagen-Golgatha der Gefängnis-Einsamkeit oder in einer Birminghamer Jazz-Auferstehung zu sehen

Kurze Pause

DOS PASSOS
Dean besaß ein Pferd, aber seine wahre Liebe galt, wie alle Welt wußte, den Rennwagen. Einen Anfänger-Preis hatte er sich bereits geholt. Die Produzenten waren außer sich darüber, daß er Autorennen fuhr. Er peinigte sie bis aufs Blut, indem er sagte: »Der Tod auf der Piste ist der glorreichste, den es gibt.« Freunde schenkten ihm einen Christophorus-Anhänger, aber die Filmgesellschaft hatte auf einer Klausel im Vertrag bestanden, derzufolge Dean auf keinem Rennen starten durfte, ehe der Film nicht abgedreht war. Am 30. September 1955 war es soweit. Dean war nicht mehr an die Klausel gebunden. In Salinas sollte ein Rennen ausgetragen werden. Die meisten Fahrer ließen ihre Wagen auf Lafetten-Lastern zum Start bringen.

Hier setzt sehr leise unter dem Text ›Sur l'autoroute‹ ein, und zwar so getimt, daß eine Sekunde nach »mit dem Leben davon« der letzte Baß-Schlag ertönt

Dean fuhr selbst. Er fuhr einen weißen Porsche-Spyder, der die Startnummer 130 trug. Sein Automechaniker, ein Deutscher, fuhr mit ihm. Ein Pressefotograf folgte den beiden in einem Stationswagen. Dean wollte seine Kiste ausfahren. Er wollte spüren, was in dem Wagen steckte. Schon in Bakersfield stoppte ihn die Verkehrspolizei. Strafbefehl, weil er mit 100 Sachen durch eine 40-Kilometer-Zone gefahren war.
Die Sonne war am Untergehen. Es fing an zu dämmern. Die Nadel kletterte immer weiter. Er holte das Letzte aus dem Wagen heraus. Mit 180 Stundenkilometern Geschwin-

digkeit stieß er bei Paso Robles auf freier Strecke mit einem Wagen zusammen, der von rechts auf die Hauptverkehrsstraße einbog, es war ein Ford, und der junge Mann am Steuer hieß Donald Turnupseed.
James Dean war sofort tot. Die Lenkradsäule durchbohrte ihn. Turnupseed und der Mechaniker kamen mit dem Leben davon.

Der letzte Baß-Schlag von ›Sur l'autoroute‹

Pause

Anfang von ›My Funny Valentine‹, zuerst Klavier (John Lewis) bis zum Baß-Takt nach den beiden ersten Trumpet-Bars von Miles Davis. Vor Beginn Text wegnehmen

CUMMINGS
Buffalo Bill ist
hinüber
            der auf einem
            wasserglatten Silber
                        hengst
ritt und einszweidreivierfünf Tauben einfach so zerbrach
                                    Jesses
er war ein stattlicher Mann
                        und was ich wissen möchte
                                    ist
wie Ihnen Ihr blauäugiger Knabe gefällt
Mister Tod

Pause

JUNGE
Alles, was er gesagt hat, war rauh. Einfach rauh.
LOWRY
Der klassische Zweikampf, sei es in der Mythologie, in

der Geschichte, in der Stierkampfarena oder im Boxring, bleibt sich immer gleich: ein schmächtiger behender Mann von einnehmendem Äußeren kämpft gegen ein häßliches Ungetüm, das größer und stärker ist als er, und besiegt es.

SPRECHER
Aber James Dean hat *sein* Ungetüm nicht besiegt.

LOWRY
Der echte Boxer gebraucht seinen Kopf und gestaltet sich Runde um Runde den Kampf nach seinem eigenen Tempo.

SPRECHER
Wo hatte James Dean *seinen* Kopf?

LOWRY
Es war Ray Robinsons Plan, den Stier bis in die Zehenspitzen zu ermatten, bevor er ihn zum Opfer darbrachte.

SPRECHER
Hatte James Dean einen Plan? Kennt die finstere Jugend Amerikas überhaupt ihren Stier?

JEFFERS
Die Schönheit
in dem verzweifelten Rhythmus, den dumpfen
sich drängenden Massen,
im Tanzschritt der traumgeleiteten Massen
den Berg hinunter

CUMMINGS
verstummen muß das Gequatsche von der Schönheit

JUNGE
Alles, was er gesagt hat, war rauh. Einfach rauh.

Baß-Solo ›Evasion‹ wie am Beginn der Sendung, die Worte rhythmisch genau unter die Baß-Schläge gesetzt

CUMMINGS
by gorry
by jingo
by gee
by gosh

by gum
›Evasion‹ aus

JUNGE
Einfach rauh
Anfang ›Générique‹ setzt ein, wird laut ausgespielt, dann beim Textbeginn stark zurückgenommen.

GINSBERG
und ist auferstanden im Geistergewand des Jazz im Schatten der goldenen Blasorchester, die bliesen des nackten Geistes von Amerika Lechzen nach Liebe in einem eli eli lama lama sabacthani Saxophonschrei aus, der die Städte bis aufs letzte Radio erzittern ließ

Von »und das Urherz« ab keine unterlegte Musik mehr

und das Urherz des Lebensgedichts ward ihnen aus dem eigenen Leibe geschnitten, um eßbar zu bleiben tausendjahrelang.

Schluß von ›Générique‹

JOHN DOS PASSOS (geb. 1896) Den Text des Berichtes ›Der Tod des James Dean‹ (englisch erschienen in ›Esquire‹ 1958) übertrug Hans Magnus Enzensberger für die vorliegende Montage
ROBERT LOWRY (geb. 1919) Seine Reportage ›Bluthochzeit in Chicago‹ erschien, deutsch von Walter Hasenclever, in ›Perspektiven 15‹ (International Publications Inc. New York/S. Fischer Verlag Frankfurt am Main 1956)
ALLEN GINSBERG (geb. 1926) ›Das Geheul und andere Gedichte‹, deutsch von Wolfgang Fleischmann und Rudolf Wittkopf (Limes-Verlag Wiesbaden 1959)
E. E. CUMMINGS (geb. 1894) ›Gedichte‹, übertragen von Eva Hesse (Verlag Langwiesche-Brandt, Ebenhausen bei München 1958)
ROBINSON JEFFERS (geb. 1887) — KENNETH PATCHEN (geb. 1911) — KENNETH REXROTH (geb. 1911) — DELMORE SCHWARTZ (geb. 1913) ›Gedichte aus der neuen Welt‹, Amerikanische Lyrik seit 1910, übertragen von Kurt Heinrich Hansen (Piper-Bücherei München 1956)

Russisches Roulette

Stimmen:

1a: Der junge Mann im (inneren) Monolog
1b: Der junge Mann im Dialog mit anderen
(i. e. *eine* Stimme auf *zwei* Raumebenen)
2: Erzähler
3: Die Studentin
4: Ein Kollege
5: Ein wütender Autofahrer
6: Ein verflossenes Mädchen
7: Eine ›ground-hostess‹
8: Gafur
9: Messua

Musik:

Ein leises Jazz-Schlagzeug, zu Beginn, am Ende und in einigen Handlungszäsuren sparsam, aber mit diskretem ›drive‹ verwendet.
Keine Geräusche.

1a: Sechs. Schluß. Bis sechs jeden Tag wegen Fünf-Tage-Woche.

2: Er sah den Mädchen zu, wie sie die Deckel über die Buchungsautomaten stülpten, ehe sie in der Garderobe verschwanden.

1a: Gruppenleiter in der Maschinenbuchhaltung. Seit einem Jahr. Seitdem ich mit der kaufmännischen Lehre fertig bin.

2: Er ging in die Garderobe, wusch sich die Hände. Besah sein Gesicht im Spiegel.

1a: Ich sehe aus wie ein Portokassenjüngling. Mageres Gesicht. Himmelfahrtsnase. Könnt auch ruhig fünf Zentimeter größer sein.

4: Hat's heute gestimmt bei dir?

1a: Der Klein, das Rindvieh. Markiert Geschäftsinteresse. Dabei ist seine Fehlerquote viel höher als die meine. Hat noch keine Angebote von anderen Firmen wie ich.

1b: Mensch, ich hab schon Dienstschluß.

4: Man wird doch noch was fragen dürfen!

1a: Hoffnungslos, der. Wird's nie begreifen, daß Schluß ist, wenn Schluß ist.

2: Er zog sich den Mantel an. Ging die große Treppe runter, mit den anderen allen. Verwaltungsgebäude verchromt. Hinter den Glaswänden lichterte der Stoßverkehr auf der Grindelallee.

1a: Rush hour. Englisch ist eine prima Sprache. Berlitz. Ich geh zu keiner anderen Firma. Ich geh in die USA. Oder nach Kanada. Keine Wehrpflicht in Kanada.

2: Die große Bronze in der Eingangshalle.

1a: Eigentlich ganz schön. ›Dynamische Fuge‹.

2: Ein Schaft, aus dem zwei lange, konkav gewölbte Arme in die Höhe stießen, die sich oben berührten.

1a: ›Generaldirektor Steiner ringt die Hände.‹ Die ganze Viskose lachte, als ich das in Umlauf brachte. Es kam in die Betriebszeitung. Steiner hat mich ›beachtet‹, bei einem seiner Rundgänge. Über blöde Witze lachen sie.

Dabei ist das Ding wirklich schön. Jetzt lachen sie darüber. Auch die, die es sich vorher nie angesehen haben. Manchmal find ich mich noch widerlicher als sonst.

2: Der Abendverkehr auf der Grindelallee rollte. Automatengruppen aus Licht und Materie wurden gebucht. Grün: Addition. Rot: Subtraktion. Gelb: zur Regulierung von Fehlerquoten. Die Maschine der Abend-Kommunikation, mit Zahlen gefüttert. Buchungsmädchen. Gruppenleiter. Signale. Darüber die Nacht und der Winter.

1a: Aber wenn es in Kanada langweilig ist? Genauso langweilig wie hier? Was nützt es mir dann, daß sie keine Wehrpflicht haben?

2: Die siebenhundert Angestellten der Viskose wurden vom U-Bahn-Schacht verschluckt. Er ging nach links weg. Wenn man nach links weg ging, war man fast allein. Das Trottoir, ein paar Fußgänger, dann der Autostrom. Es war kalt. Er steckte die Hände in die Manteltaschen.

1a: Wenn ich auch in Kanada russisches Roulette spiele, damit ich es aushalte?

2: Sie fiel ihm auf, weil sie am Rand der Fahrbahn stand und hinüber wollte. Er schaute ihr eine Weile zu. Sie machte von Zeit zu Zeit einen zögernden Schritt über den Bordstein hinaus, kehrte dann wieder zurück. Zweimal hielten Autos fast, die Fahrer forderten sie auf einzusteigen, sie reagierte nicht. Hupen. Weiter. Er stellte sich drei Schritte von ihr entfernt neben sie. Das Licht der Scheinwerfer durchsprühte ihren lockeren, hochgeschlossenen Pelzkragen. Ihre Studentinnenmappe. Dann ging er einfach los. Das Auto, das gerade dran war, kam mit den Hinterrädern ins Rutschen. Es stand fast quer zur Fahrbahn, und der ganze Verkehr geriet sofort ins Stocken.

1a: Fehlerquote. Gruppenleiter.

2: Der Mann im Auto stieg aus und kam auf ihn zu.

5: Sie ——— Sie Idiot!
2: Er blieb stehen und erwartete ihn.
1b: Entschuldigen Sie! Ich habe manchmal Gleichgewichtsstörungen.
2: Der Mann sah ihn gelähmt an. Er hatte ihn schlagen wollen.
5: Dann nehmen Sie sich eine Krankenschwester!

Pause

Oder einen Blindenhund!
2: Er schrie. Das Wort ›Blindenhund‹ verschaffte ihm Erleichterung. Hinter ihm hupten sie. Er ging zu seinem Auto zurück.
Sie begriff. Er brauchte ihr kein Zeichen zu machen. Sie kam auf den Fahrdamm und ging mit ihm zusammen an den wieder anfahrenden Wagen vorbei auf die andere Seite.
3: Das war ziemlich verrückt von Ihnen.
1b: Es sieht schlimmer aus, als es ist. Die meisten fahren nicht über sechzig. Man kann sich die Bremsstrecke ausrechnen, die sie brauchen.
3: Sie sind wohl ein großer Kopfrechner?
1b: Nein. Nur ein kleiner Maschinenrechner.
2: Sie ging in Richtung Uni. Ihr Gesicht war mager und symmetrisch, in der Nacht mit Schatten und Lichtern überflogen, gewölbt und höhlig ins helle Holz der Haut geschnitten. Dunkle Haare, aufgesteckt, die Kontur ein Kristallgitter aus Licht wie um den lockeren Pelzkragen über dem fast schwarzen schlanken Mantel. Wollhandschuhe. Kollegmappe.
1b: Warum mußten Sie gerade da über die Straße!? Warum nicht hier über den Zebrastreifen?
3: Ich hasse Zebrastreifen.
2: Er nickte. Das verstand er. Sie sahen hinüber. Der weiße Fußgänger im grünen Lichtkreis gab ein dia-

phanes Signal; über dem Strich-Raster addierten sich Personen zur Abend-Statistik.

Sie blieben vor dem Eingang zur Universität stehen, der golden erleuchtet war. Gegenüber, auf dem hohen Wall, fuhr ein S-Bahn-Zug in den Dammtorbahnhof.

1b: Was studieren Sie?

1a: Es ist unhöflich von mir, sie noch festzuhalten. Nur weil ich sie über die Straße gebracht habe, wartet sie noch ein bißchen.

3: Alles mögliche. Ich bin erst im zweiten Semester. Ich höre mir die verschiedensten Vorlesungen an, weil ich noch nicht weiß, was ich studieren will.

1b: Und was heute abend?

3: Psychologie. Aber es ist keine Vorlesung, nur eine Übung. Der Professor zeigt uns ein paar Testmethoden. Rorschach-Test, Szondi-Test, wenn Sie davon gehört haben.

1b: Ich hab davon läuten hören. Soviel ich weiß, prüft man damit die Intelligenz.

3: Nicht nur die Intelligenz. Auch die Persönlichkeit, den Charakter.

1b: So.

Pause

Müssen Sie da jetzt hinein? Können Sie nicht mit mir eine Tasse Kaffee trinken gehen? Oder einen Grog? Es ist kalt.

1a: Wie geschickt. Jetzt denkt sie, ich will ein Honorar kassieren. Für's Über-die-Straße-Bringen.

2: Sie schüttelte den Kopf. Plötzlich streckte sie ihm die Hand hin.

3: Dankeschön, übrigens.

1b: Ich hab's nicht so gemeint.

3: Ich weiß.

2: Wollhandschuhe. Sie drehte sich um und ging in die

Universität hinein. Die Kollegmappe. Der fast schwarze schlanke Mantel.

1a: Aus. Na, ist ja egal.

2: Ein D-Zug und zwei S-Bahn-Züge fuhren auf dem Damm an ihm vorbei, während er die Straße entlang ging. Zwischen dem Damm und der Nacht war der Himmel kalt und gelb. Am Bahnhofsplatz mußte er warten, weil das Auto-Band aus der Rothenbaumchaussee grünes Licht hatte. Er sah sie wieder neben sich stehen.

3: Ich hab mir's anders überlegt. Wenn Sie noch wollen, gehen wir einen Kaffee trinken.

2: Diesmal benutzten sie den Zebrastreifen. Drüben schlug er den Weg über die Moorweide ein.

3: Wohin gehen wir?

1b: An die Alster. Das Café am Shell-Haus, da ist es ganz erträglich.

3: Oh ja, das mag ich ganz gern.

2: Die Moorweide war eine Insel aus dunklem Wasser nach den Eisströmen unter den Bogenlicht-Monden.

1b: Sind Sie Hamburgerin?

3: Ich bin hier geboren.

1b: Sind Sie gern hier oder möchten Sie weg?

3: Manchmal bin ich froh, daß ich noch bei den Eltern wohnen kann, manchmal möchte ich nichts wie weg.

1b: Meine Mutter wohnt in Uelzen. Eigentlich sind wir aber Berliner. Uelzen ist das Letzte. Können Sie das verstehen?

3: Sicher. Ich kann mir Uelzen schon vorstellen.

1b: Wie alt sind Sie?

1a: Schit, man fragt eine Dame nicht nach dem Alter.

3: Neunzehn. Und Sie?

1b: Zwanzig. Seit vier Jahren bin ich in Hamburg. Drei Jahre kaufmännische Lehre und seit einem Jahr in Stellung. Bei der Viskose als Gruppenleiter in der Maschinenbuchhaltung. Vierhundertachtzig netto.

1a: Ich muß verrückt sein, so auszupacken. Sie muß mich für einen Angeber halten.

3: Das ist allerhand. Sie müssen tüchtig sein.

1b: Es ist keine Angabe. Ich weiß überhaupt nicht, warum ich es Ihnen erzählt habe.

1a: Es kommt nur daher, daß ich seit einem Jahr mit keinem Mädchen mehr gegangen bin. Seit der Geschichte mit Gafur und Messua. Seit Berlin. Seitdem ich angefangen habe, russisches Roulette zu spielen.

2: Sie waren unter den Bäumen vor dem Café stehengeblieben. Das Café lag auf Pontons im Wasser. Von Zeit zu Zeit fuhr auf dem Harvestehuder Weg ein Auto an ihnen vorbei. Eine Lampe zeichnete die Schatten der Äste über ihre Gesichter und auf den leeren Winter-Boden.

1b: Es ist komisch. Sie holen es aus mir heraus.

2: Sie sagte nichts. Als sie über die Holzbrücke zum Café gingen, sahen sie das Eis auf der Alster, weiß auf die Art von Weiß, das unter der Nacht liegt, also schattenflächig, in der Ferne blau. Zwischen dem Eisblau und dem Himmel die Lichterlinie des Uhlenhorster Ufers. Im Café war fast niemand. Sie hingen ihre Mäntel an Haken. Der Kellner war alt und schien schwer das Wasser in den Beinen zu haben.

1b: Für mich einen Grog. Was möchten Sie?

3: Tee.

2: Sie trug einen hellgrauen Pullover mit spitzem Ausschnitt, darunter eine Bluse in elfenbeinweiß, deren Kragen offen war. Im Licht des Raumes konnte er sehen, daß ihre Haare dunkelbraun waren.

1a: Mit so einem Mädchen zusammen seh ich sicher mies aus. Wie ein Portokassenjüngling.

1b: Studieren Sie gern?

2: Sie schrak aus Gedanken auf.

3: Ich? Ja. Ja natürlich.

1b: Es muß schön sein, wenn man soviel Zeit hat, daß man studieren kann.
3: Sie wollen sagen: wenn man soviel Geld hat.
1b: Das hab ich nicht gemeint.

Pause

Sie haben recht. Wahrscheinlich hab ich's doch gemeint.
3: Man braucht gar nicht so viel Geld dazu, wie Sie glauben. Mein Vater verdient höchstens doppelt so viel wie Sie.
1b: Und dabei läßt er Sie erst alles mögliche anhören, bis Sie sich entschließen, was Sie wirklich wollen?
3: Er ist ein anständiger Kerl. Ich bin das einzige Kind. Vielleicht hat er einen Ödipus-Komplex.
1b: Was ist das?
2: Der Kellner kam mit den Gläsern. Sie lächelte. Er sah weg auf die beiden niedrigen Alsterdampfer, die draußen an der Brücke im Dunkel lagen, eingefroren im Packeis. Der Kellner schleppte sich wieder fort.
3: Ich weiß es selbst nicht genau. Ein Schlagwort. Man meint damit, wenn der Sohn die Mutter liebt oder der Vater die Tochter oder alles umgekehrt. Es ist dumm von mir, Worte zu gebrauchen, über die ich eigentlich noch gar nichts weiß.
1b: Was meinen Sie mit ›liebt‹? Richtig das ——— das ———
1a: Auf englisch geht es. Eine prima Sprache.
1b: ——— was auf englisch ›to make love‹ heißt?
3: Ja. Aber sie brauchen es natürlich nicht machen. Gerade weil sie es nicht machen, nennt man es ›Komplex‹.
1b: Dann ist also Ödipus-Komplex nur ein anderes Wort für Blutschande?
3: Für den Wunsch danach. Vergessen Sie es! Ich schäme mich, daß ich so über meinen Vater gesprochen habe.
2: Er goß den Rum in das heiße Wasser, dann den Zucker

und rührte den Grog mit dem kurzen massiven Glasstab. Es roch auf einmal nach Palmen und Fusel, nach Zimt-Inseln und Schneehäfen, samtblau und rostig.

1b: Psychologie. Wofür braucht man das?

3: Wenn man Lehrerin wird. Oder Ärztin. Für alle möglichen Berufe. Oder auch nur so. Zur Menschenkenntnis. Es ist nicht so, daß man eine bessere Menschenkenntnis bekommt, wenn man Psychologie studiert. Aber man sieht dann, welche Probleme möglich sind.

1b: Was für Probleme?

3: Probleme zwischen Menschen.

2: Ihr Hals, der schmal aus dem lockeren Blusenkragen aufstieg, bewegte sich, wenn sie sprach. Ihre Haut war hell, aber etwas dunkler als das Elfenbein ihrer Bluse.

1b: Ist es spannend?

3: Oh ja, ich finde die meisten Vorlesungen spannend. Psychologie und Geschichte und Soziologie und Literatur und Philosophie. Im nächsten Semester belege ich vielleicht ein paar naturwissenschaftliche Fächer.

1b: Sie langweilen sich also nie?

3: Nein. Warum?

1b: Ich langweile mich. Immer.

2: Er spürte den Revolver in seiner linken hinteren Hosentasche, flach, mit der kleinen Wölbung der Trommel. Unwillkürlich fühlte er mit der Hand hin. Sie sah ihn an. Sie hatte graue Augen in ihrem mageren, symmetrischen, lebendigen Gesicht.

3: Immer?

1b: Manchmal eine halbe Stunde lang nicht.

3: Wann?

1b: Wenn ich russisches Roulette spiele.

3: Was ist das?

1b: Ich zeig's Ihnen nachher.

3: Aber Sie sind doch tüchtig in Ihrem Beruf? Er muß Sie doch interessieren?

1b: Haben Sie eine Ahnung! Man muß Geld verdienen,

damit man sich ein paar Sachen leisten kann, bei denen man den Beruf vergißt.

3: Sie sagen das nur so.

1b: Gruppenleiter in der Maschinenbuchhaltung. Wissen Sie, wieviel Intelligenz dafür nötig ist? Soviel wie ich für die Portokasse brauchte, als ich noch Lehrling war. Darum seh ich auch so aus.

3: Sie sehen nicht so aus.

1b: So, wie seh ich denn aus?

3: Wie jemand, der sein Spiegelbild für sein wahres hält.

1b: Und ist es das nicht?

3: Nein. Es ist seitenverkehrt.

1a: Studentin. Die haben Ideen. So hat noch kein Mädchen mit mir geredet.

3: Haben Sie schon mal was dagegen getan?

1b: Ja. Ich bin schon mal nach Indien geflogen.

3: Nach Indien?

1b: Ja. Ich bin aber nicht hingekommen. Nur bis Berlin.

2: Der Kellner stand unbeweglich an der Theke, in den Hintergrund der Nacht vor den Fenstern glotzend. Der Zeigefinger seiner rechten Hand hing ihm in der ausgeleierten Westentasche.

1b: Das war vor über einem Jahr. Im Spätherbst neunundfünfzig. Ich war noch Lehrling damals, im letzten Lehrjahr. Wir hatten schon seit einiger Zeit die neuen Buchungsautomaten, und ich hatte mich drauf eingearbeitet. Am Montag abend füllten wir immer die Totozettel aus, der Klein und ich. Der Klein ist einer, der mit mir gelernt hat. Er ist jetzt auch Gruppenleiter, aber er hat eine zu hohe Fehlerquote. Sie werden ihn versetzen. Haben Sie schon mal im Toto gespielt?

3: Nein.

1b: Müssen Sie tun. Da können Sie was gewinnen dabei. Ich werde Ihnen zeigen, wie man einen Totozettel ausfüllt, wenn Sie's interessiert. Ein- oder zweimal in der Woche holte mich die Edith ab. Damals ging ich noch mit

Mädchen. Am meisten mit der Edith, obwohl sie immer einen Petticoat trug und sich auffallend benahm. Ich kann Petticoats nicht leiden. Tragen Sie manchmal einen?

3: Ich hab einen.

1b: Ich kann es nicht ausstehen, wenn jemand aufgeregt ist, und die Edith tat immer aufgeregt, aber vielleicht hab ich mich deswegen mit ihr abgegeben. Sie war besser als die Mädchen, die sich genauso langweilten wie ich, und bei denen ich mich anstrengen mußte, um sie ein bißchen aufzuregen. Die Edith war manchmal ganz lustig. Einmal erwartete sie mich besonders aufgeregt. Sie stürzte auf mich zu.

6: Du hast im Toto gewonnen. Dreitausend Mark. Ich war eben bei deiner Wirtin, und sie hat es mir erzählt. Ein Inspektor von der Toto-Gesellschaft war heute vormittag da. Er hat einen Brief hinterlassen und gesagt, du sollst, sobald du kannst, zu ihnen aufs Büro kommen.

2: Er stand wieder vor dem Eingang der Viskose in der Grindelallee an einem dämmerigen Herbstabend. Nebel. Er fuhr sie an, sie solle sich zusammennehmen und nicht so schreien.

3: Wohnen Sie in Untermiete? Bei einer Wirtin?

1b: Nicht mehr, seitdem ich ausgelernt habe. Ich hab mir vom Betrieb ein Appartement besorgen lassen. Klasse, kann ich Ihnen sagen. Duschbad und alles. Hundertfünfzig im Monat. Den Baukostenzuschuß hat mir die Viskose geliehen.

3: Ein tolles Leben. Mit zwanzig Jahren. Was werden Sie mit vierzig machen?

1b: Das ist es ja. Davon red ich doch die ganze Zeit.

2: Sie hatten angefangen zu rauchen. Die beiden Alsterschiffe draußen schnitten sich noch immer weiß in den ausgelöschten Raum überm Eis.

3: Erzählen Sie weiter!

1b: Wir gingen in die Stadt rein, wie jeden Abend, an dem wir ins Kino gingen. Dammtorstraße, Gänsemarkt,

Jungfernstieg. Diesmal kamen wir nicht voran, weil sie vor jedem Schaufenster stehen blieb und mir die Sachen zeigte, die ich mir jetzt kaufen könnte. Anzüge, Krawatten, Fotoapparate, Möbel. Zuerst war es ganz lustig. Dann wurde es blöd. Gerade als sie dabei war, mir einen Fernsehkasten zu zeigen, hängte ich sie ab. ——— Ich hau jetzt ab.

6: Was hast du gesagt?

1b: Ich hab gesagt, daß ich jetzt abhaue.

6: Aber du kannst mich doch nicht einfach so stehenlassen.

1b: Warum kann ich das nicht? Dú kannst doch allein ins Kino gehen.

6: Was hab ich denn gemacht?

1b: Sie hatte Tränen in den Augen. Es war gemein von mir. Ich hab sie glatt stehenlassen und bin weitergegangen. Ich wollte einfach allein sein mit dem Gefühl, dreitausend Mark zu haben. Ich ging also allein weiter, zuerst den Jungfernstieg längs, dann rechts zum Rathausmarkt ab, dann wieder links die Mönckebergstraße hoch. Plötzlich sah ich die Leuchtbuchstaben: Air India. Sie waren blau und geschwungen.

3: Warum ist Ihnen gerade die Air India aufgefallen? Es gibt in der Ecke alle möglichen Reisebüros.

1b: Weiß ich nicht. Ich hab in Uelzen mal ein Buch über Indien gelesen. Es kam mir vor, als sei Indien der größte Gegensatz zu Uelzen.

2: Ihre Gläser waren fast leer und der Kellner schlurfte herbei. Er sagte nichts, stand nur da und sah über sie hinweg zum Fenster hinaus.

1b: Noch einen Grog. Wollen Sie noch einen Tee?

1a: Ich hätte ›möchten‹ sagen müssen. Oder am besten ›nehmen‹. ›Nehmen Sie noch Tee?‹ Das wäre fein gewesen. Ich hab nichts gelernt. Büroangestellter. Während sie ein gebildetes Mädchen ist, Studentin.

2: Der Kellner ging nicht gleich zur Theke, sondern erst zur Türe und ließ einen kleinen Hund herein, einen

Köter, der an seinen Beinen hochsprang und verfroren winselte.

1b: Ich ging also rein. Außer den Angestellten waren nur Gafur und Messua drin.

3: Wer sind Gafur und Messua?

1b: Ich werd's Ihnen erzählen.

Gafur trug einen braunen Anzug und einen weißen Turban. Sein Gesicht war dunkel. Messua war schmal und klein, mit einem eher hellen Gesicht. Das Tollste war, daß sie einen Nasenring trug, einen kleinen silbernen Nasenring. Das ist das Zeichen der verheirateten mohammedanischen Inderinnen, wie sie mir später erzählte. Sie hatte ein himbeerrotes indisches Gewand an. Sie stand da und wartete. Gafur las einen Brief. Sie hatten sich Post abgeholt.

1a: Warten und Lesen. So wie die können wir's nicht.

2: Er ging verwirrt zum Desk, neben dem sie standen, unbewegt und turbanweiß und himbeerrot. Die groundhostess lächelte ihm entgegen.

1b: Sie lächeln immer, wissen Sie. Es ist zum Kotzen.

3: Wer? Von wem sprechen Sie?

1b: Von diesen Mädchen in den Flugbüros. Wenn sie mit einem reden, dann schlingern sie förmlich mit dem Körper. Und lächeln. Es ist, als käme man in einen Puff.

Pause ———

Entschuldigen Sie! Ich will nach Indien fliegen.

2: Sie lächelte.

1a: Immer dieses ›will‹. Man muß ›möchte‹ sagen. Wie beiläufig. Man muß immer so tun, als wolle man's gar nicht wirklich.

7: Wann, bitte?

1b: So schnell wie möglich. Morgen. ——— Ich benahm mich wie ein Verrückter. Wahrscheinlich weil Gafur und Messua neben mir standen und mich verwirrten.

7: Und wohin?

1b: Wohin? Nach Indien!

7: Ich meine, wohin in Indien?!
1a: Herrgott, was für eine Blamage! Verdammtes Lächeln.
1b: Kalkutta. ——— Es war das erste, was mir einfiel.
7: Wir haben morgen nachmittag zwei Uhr vierzig eine Maschine über Karachi und Bombay. Aber erst ab Berlin. Mit der Zubringermaschine von Fuhlsbüttel ab zwölf Uhr fünfzehn.
1b: Wie teuer ist das Ticket? ——— Ich sagte ›Ticket‹. Ich wußte, daß sie bei den Fluggesellschaften ›Ticket‹ sagten, und nicht ›Billett‹.
7: Wünschen Sie Hin- und Rückflug?
1a: Wünschte ich Rückflug?
2: Er zögerte.
1b: Ja.
7: Das kostet ——— warten Sie mal! ———
2: Sie sah auf einer Tafel nach.
7: ——— 2870 Mark.
1a: Dann blieben mir nur hundertdreißig Mark für den Aufenthalt in Indien. Also ausgeschlossen.
2: Er hatte heiße Handflächen. Seine Blamage war vollkommen. Er sah auf das vernichtende Lächeln unter dem grellen Licht.
1b: Ich hab im Toto gewonnen. Dreitausend Mark. Ich dachte, es sei billiger.
2: Das Lächeln milderte seine Vernichtung durch keine Spur von Anteilnahme. Es veränderte sich überhaupt nicht. Es blieb immer gleich.
1b: Dankeschön!
2: Er wendete sich ab.
8: Fliegen Sie doch nach Karachi! Dann behalten Sie fast tausend Mark übrig.
2: Gafur sprach englisch.
8: Ich spreche Deutsch nicht gut. Aber ich habe verstanden, was Sie fragten. Karachi ist natürlich nicht Indien, sondern Pakistan. Aber Sie werden es dort schon sehr indisch finden. Wir fliegen auch nach Karachi. Ich muß die

Dame fragen, was Ihr Billett kostet, denn wir fliegen nicht zurück.

2: Er sagte nicht ›Ticket‹. Er sah die Lächlerin an und zum erstenmal schien es, als nähme sie ihr Lächeln um eine Spur zurück.

7: Es kostet ———

2: ——— wieder sah sie auf ihrer Tafel nach,

7: ——— 2120 Mark.

1b: Er sprach englisch. Obgleich er englisch sprach, hatte er das Wort ›Billett‹ verwendet. Ich hab nie wieder etwas so Verrücktes gesehen wie seinen Bart, außer auf Bildern. Auf Bildern von alten Göttern, wissen Sie. Griechisch und so.

2: Gafurs Bart war glänzend schwarz, gescheitelt und nach den Seiten in Kreise gedreht und neben den Kreisen waren noch einmal Muster gekämmt. Der Bart war eine Art Religion, er war der Bart eines Gottes. Es war ein Wunder, daß aus diesem Bart menschliche Worte kamen. Menschliche englische Worte.

1b: Ich kann ganz gut Englisch, wissen Sie. Damals hatte ich schon zwei Jahre Berlitz gemacht. Und auf einmal war ich gar nicht mehr verlegen. Ich glaub, sein Bart war daran schuld, daß ich nicht mehr verlegen war. So konnt ich mich bedanken und den Flug nach Karachi buchen. Die Lächlerin gab mir noch eine Stelle beim Hafenkrankenhaus an, wo ich mich impfen lassen könnte. Sie sagte, sie würde mich am nächsten Morgen telefonisch anmelden. Sie legte für Gafur einen erstklassigen Service hin. Sicher hat auch sie sein Bart verrückt gemacht. Sein ernster verrückter Bart. Ich hab Gafur nie anders als ernst gesehen. Sie wären weg gewesen, wenn Sie Gafur gesehen hätten.

2: Sie rauchte wieder. Sie sah ihn nicht an. Zwischen ihren grauen Augen stand eine konzentrierte Falte.

1a: Ob sie sich Gafur vorstellt?

1b: Langweile ich Sie?

3: Nein, gar nicht. Warum lernen Sie Englisch?

1b: Weil ich vielleicht nach Kanada will.

3: Sie wissen es also noch nicht genau?

1b: Ich werd ziemlich sicher gehen.

3: Es gibt also doch etwas, was Sie interessiert. Sie langweilen sich nicht immer.

1b: Ich will nur nach Kanada, weil ich dann nicht zur Bundeswehr muß.

3: Dann werden Sie in Kanada Soldat, in Ihrem Alter.

1b: Nein, in Kanada gibt's keine Wehrpflicht.

3: Warum wollen Sie kein Soldat werden?

1b: Weil ich ganz genau weiß, wie es ist, wenn man auf einen Menschen schießt.

2: Jetzt sah sie ihm direkt ins Gesicht. Sie bot ihm ihr eigenes, genaues und empfindliches Gesicht an wie ein Ziel.

3: Woher wissen Sie es?

1b: Ich weiß es eben.

2: Der kranke Kellner brachte den zweiten Grog. Er atmete schwer, während er das erste Grogglas wegnahm. Sein Hund trank Wasser aus einem Napf neben der Theke. Sie hörten ihn schlappern.

3: Und sonst reizt Sie nichts in Kanada?

1b: Nein. Was soll an Kanada Besonderes sein?! Ich kann an Kanada nie so denken, wie ich damals an Indien gedacht hab.

3: Komisch. Ich würde viel lieber nach Kanada reisen als nach Indien.

1a: Ihre grauen Augen. Vielleicht ist Kanada doch anders? Grau, aber lebendig.

2: Die schwarze Alster draußen unterm Eis. Die Uhlenhorster Lichterlinie. Lauter weiche graue Wörter fielen ihm ein: Wolfspelz, Wälder, Winterhimmel. Ihre grauen Augen waren einen Augenblick lang weich und wölfisch. Dann waren sie wieder klar und gerade.

1b: Von Messua hab ich an dem Abend im Flugbüro nicht

mehr gesehen als die violetten Schatten neben ihrer Nase. Ein Gesicht so schmal, wie es eben nur Inderinnen haben. Man glaubt es nicht, wenn man es nicht sieht. Nein, man glaubt es erst dann nicht. Man kann sich eine Inderin, wie Messua eine ist, gar nicht vorstellen. Man muß sie sehen, damit man sie unglaublich findet. ——— Am nächsten Vormittag bin ich rotiert. Zum Totobüro, das Geld herausholen, war gar nicht so einfach, dann zum Impfen, dann den Flugschein abholen, der Viskose was vorlügen, daß ich plötzlich weg müsse, für ein paar Tage, ich hatte noch Urlaub gut, einen Koffer packen. Aber um zwölf Uhr fünfzehn saß ich in der Zubringermaschine.

3: Ich weiß jetzt, warum Sie vorhin einfach vor das Auto gelaufen sind.

2: Er zuckte die Achseln. Tat gleichgültig.

3: Nicht wegen mir jedenfalls. Ist auch besser, daß Sie es nicht taten, um mir zu imponieren.

1b: Ich hab's aber auch deswegen getan, weil Sie mir gefallen haben. Sie sahen prima aus, wie Sie da standen und rüber wollten.

1a: Ich hab noch nie eine getroffen, die so in Ordnung ist wie die. Der kann man alles sagen.

1b: ——— Gafur nickte mir ernst und würdevoll zu. Ich mußte mich zu ihnen setzen. Messua saß zwischen Gafur und mir. Ihr Gewand war nicht mehr himbeerrot, sondern blaugrün. Am Morgen sah sie schlecht aus, ich meine bleich, mit grünen und violetten Schatten in einem graubraunen Gesicht. Schlecht aber toll. Gafur sah aus wie gestern abend: dunkelbraun, schwarzbärtig und ernst. Übrigens ist er noch jung, höchstens dreißig. Mit Gafur und Messua zusammen und im Flugzeug kam ich mir nicht mehr mies vor. Gafur stellte sich mir vor. Er sagte: Abdul Gafur. Ich sagte meinen Namen. Messuas Namen erfuhr ich, weil er sie manchmal anredete, wenn er etwas zu ihr sagte.

8: Messua, er bewundert dein Kleid.

1b: Sie lächelte. Sie sagte nichts. Während der ganzen Zeit, in der wir zu dritt beisammen waren, sagte sie kaum ein Wort. ——— Es ist ein Sarong, nicht wahr?

8: Sie meinen ein Sari?! Nein. Wir sind Mohammedaner. Nur die Hindufrauen tragen Saris. Das ist ein Izar. Es ist ein Hosengewand, man merkt es nur kaum. Unsere Frauen wissen, daß der Sari sich schöner trägt als der Izar, und deshalb tragen sie den Izar so, als wäre er ein Sari.

1b: Ich wagte nicht, hinzusehen. Erst etwas später tat ich es, als wir schon über anderes sprachen. ——— Sie sehen nicht aus wie ein Mohammedaner. Nur der Turban ———

8: Wir nennen das Pagri. Sie werden in Karachi die verschiedenen Formen von Pagris unterscheiden lernen. Ich bin Anwalt, deshalb trage ich einen Latudar, das ist eine sehr hoch gebundene Form von Pagri. Sie meinen, wir sehen nicht aus wie arabische Mohammedaner, nicht wahr?

1b: Ja. Sie sehen nicht fanatisch aus.

8: Oh, auch bei uns gibt es eine ganze Menge religiöser Fanatiker. Aber ich bin Westler. Ich habe erkannt, daß Religion Privatsache sein muß. Ich habe in Oxford studiert und vertrete englische Firmen. Übrigens bin ich Sozialist.

1b: Religion, Westen, Oxford, Sozialismus. Es waren lauter Worte aus der Zeitung. Bei ihm klangen sie so, als kämen sie nicht aus der Zeitung. Als Gafur diese Worte aussprach, hab ich einen Moment lang geglaubt, solche Worte könnten eine Bedeutung haben. Ein Mann wie Gafur wär was für Sie!

8: Und Sie? Was ist Ihr Beruf?

1b: Ich bin kaufmännischer Lehrling.

8: Aber Sie sind es nicht gern?

1b: Sieht man es mir an?

8: Ja. Außerdem wollen Sie ja Hals über Kopf nach

Indien fliegen. Sie fühlen sich also nicht wohl, da wo Sie sind. Sie wollen fliehen.

1b: Halten Sie fliehen für falsch?

8: Ich weiß es noch nicht. Ich muß erst darüber nachdenken.

1b: ——— Das Flugzeug setzte zur Landung an. Ich war bis dahin noch nie geflogen. Ich hatte es mir wunderbar vorgestellt. Aber es war langweilig gewesen. Als die Maschine stand, ging Gafur voraus zum Ausgang. In diesem Augenblick griff Messua nach meiner Hand. Sie ergriff sie einen Moment lang zart, aber deutlich, als wir nebeneinander standen, und dann strich sie mit ihrer Hand über meinen Handrücken. Sie lächelte mich an dabei. Wissen Sie, wie sie mich anlächelte? Sachlich. Ich hab später lang über ihr Lächeln damals im Flugzeug nachgedacht, und ich hab keinen anderen Ausdruck dafür gefunden. Es war nicht ordinär, es war nicht schamlos, es war eher zart und diskret, aber es war absolut sachlich. Es konnte nur eine einzige Sache auf der Welt meinen.

In Tempelhof gab es eine Überraschung, weil die Maschine nach Karachi aus irgendwelchen Gründen erst am nächsten Morgen starten konnte. Die Air India ließ sich nicht lumpen und quartierte die Passagiere im Hilton-Hotel ein. Ich war platt. Ich hätt' mir nie träumen lassen, daß ich in meiner Heimatstadt einmal in einem solchen Hotel wohnen würde. Ich hätt' es eigentlich genießen sollen, aber ich konnt' es nicht, weil das Erlebnis mit Messua mich verwirrt hatte. Ich fühlte mich unbehaglich. Wissen Sie, was ich hatte? Angst! Und im Hilton-Hotel kam ich mir wieder wie der vor, der ich war.

3: Wie Ihr Spiegelbild.

1b: Ja. Mies. Ich paßte da nicht rein. Ich sah's ja. Im Kleiderschrank war ein großer Spiegel. Und im Bad. Mein Anzug war der Anzug von 'nem Stift.

1a: Wenn ich damals wenigstens schon den Revolver im Anzug gehabt hätte, wie jetzt.

3: Man müßte Ihnen mal sagen, wie Sie sich anziehen sollten. So schlecht, wie Sie meinen, sehen Sie gar nicht aus. Sie sind nur falsch angezogen.

1a: Ist sie der Lehrerinnen-Typ? Nein. Das nicht. Sie ist 'n gebildetes Mädchen. Sie weiß mehr als ich. Sie sagt einem die Sachen so, daß man sie schluckt. 'n Lehrerinnen-Typ kann das nicht. Man kann mit ihr diskutieren.

1b: Ich bin schon ganz richtig angezogen. Sie kennen mich erst seit 'ner Stunde.

3: Vielleicht haben Sie recht.

2: Der alte unförmige Kellner hatte sich auf einen Stuhl gesetzt und blickte auf den Hund, der zu seinen Füßen lag, die Schnauze auf einem seiner Schuhe.

1b: Ich hatte Gafur erzählt, daß ich eigentlich Berliner sei, und er bat mich, ihnen ein bißchen die Stadt zu zeigen. Ich war mit fünfzehn zuletzt bei einem Onkel zu Besuch gewesen, der im Ostsektor wohnte, und ich hatte keine Ahnung, wie man jemand Berlin zeigt. Auch Hamburg könnt ich niemandem zeigen. Sind doch alles Städte mit Straßen und Geschäften und Häusern, nichts weiter. Natürlich, die Alster und den Hafen könnte man zeigen. — Ging also mit ihnen den Kurfürstendamm rauf und runter, bis Gafur merkte, daß ich's nicht konnte, ihnen Berlin zeigen. Er ging zu einem Taxi.

8: Bringen Sie uns zur Stalin-Allee!

1b: Darauf hätte ich wirklich selber kommen können. Aber ich war an diesem Tag wie bekloppt. Im Taxi setzte ich mich neben den Fahrer, damit ich nicht wieder neben Messua zu sitzen brauchte. Ich fürchtete mich vor Messua. Heute begreif ich das gar nicht mehr. — Auf der Fahrt konnte ich ihnen immerhin das Brandenburger Tor zeigen und Unter den Linden und die Stelle, wo das Schloß gestanden hatte. In der Stalin-Allee ließ

Gafur das Taxi halten, und wir stiegen aus und sahen uns die Häuser und die Straße und die Denkmäler an. Gafur sagte nichts. Er sah bloß an den Häusern rauf und runter. Dann setzten wir uns wieder ins Taxi.

8: Kennen Sie den Friedhof, auf dem Bertolt Brecht begraben liegt?

1b: Ich kannte weder den Friedhof noch einen Mann, der so hieß. Hätten Sie's gewußt?

3: Den Friedhof nicht. Aber wer Brecht war, weiß ich.

1b: Gafur hat auch gemeint, ich sollte es wissen. Er hatte in London Stücke von ihm gesehen.

8: Wenn ich genügend Deutsch könnte, würde ich mir seine Stücke auch hier ansehen.

1b: Der Taxifahrer wußte es auch nicht, aber er fragte einen Vopo und der wußte es. So kam es, daß wir zum Dorotheenstädtischen Friedhof fuhren und zum Grab eines Mannes namens Brecht gingen.

8: Wenn wir einen Mann gehabt hätten, der so groß gewesen wäre wie er, dann würde ihn bei uns jedes Kind kennen.

1b: Als wir wieder im Taxi saßen, hatte ich endlich auch eine Idee. ——— Kantstraße 17!

8: Was gibt es dort zu sehen?

1b: Noch ein Grab. ——— Wir fuhren wieder zurück in den Westen. Als das Auto hielt, sah ich, daß sie inzwischen die Ruine abgerissen und ein neues Haus draufgebaut hatten. Irgendso'n Verwaltungsgebäude.

8: Ich sehe kein Grab.

1b: Es ist aber eins. Da liegt mein Vater drunter. ——— Ich glaub, Gafur hat damals viel mehr empfunden als ich.
Er blieb lange ganz still sitzen, er sah das Haus nicht an, sondern hielt seinen Kopf geneigt.

8: Wo waren Sie damals, während des Angriffs?

1b: Schon evakuiert, mit meiner Mutter, nach Uelzen. ——— Es war später Nachmittag, und wir machten

Schluß mit der Berlin-Besichtigung. Im Hilton ging ich auf mein Zimmer und ich blieb dort. Ich spürte keinen Hunger. Ich hab überhaupt nur selten Hunger. Damals im Hilton hatte ich Angst. Ich weiß nicht, wovor ich Angst hatte. Vielleicht vor dem Hotel. Ich hatte im Zimmer Angst, aber ich wußte, wenn ich aus dem Zimmer raus ging, würde irgend etwas Furchtbares mit mir geschehen. Ich lag auf dem Bett. Die Lampe über dem Bett hatte ich angezündet. Wenn ich zeichnen könnte, so könnte ich heute noch das Zimmer ganz genau zeichnen, das Zimmer mit meinem Mantel, den ich über einen Stuhl geworfen hatte, meinen Koffer, den ich noch nicht ausgepackt hatte. Alles. Ich lag auf dem Bett und rauchte. Es war neun Uhr vorbei, als es klopfte. Ich machte auf. Diesmal trug sie ein gelbes Gewand. Ein zitronengelbes.

2: Das Furchtbare kam herein, in der Farbe der gelben Bedeutung. Er wußte nicht, daß der Schrecken und die Heiligkeit gelb sind. Er wußte nicht, daß die Sekunden der Lust aus ihnen zusammengesetzt sind. Das Licht des Paradieses ist gelb. Er wußte es nicht. Henna und Sindh, es kam herein, Kupfer und Gondwana, Safran und Amadabad, Schattentopase und die Wüste Thar, Zitronenseide von Gwalior, Gold und Baroda, Sindh-Hände, Gondwana-Lippen, Haut aus Amadabad, Thar-Schatten, Wüsten-Schatten, Gwalior-Seide über dem Fleisch aus Baroda. Goldgelb und gehöhlt. Es kam. Herein. Eine Huri des Paradieses. Aber er wußte es nicht. Er hielt sie für eine Hure. Er hielt sie noch immer für gelb, als sie schon längst golden war.

1b: Später war sie ganz anders. Später war sie eigentlich wie ich. Sie erzählte mir, wie es in Karachi ist.

9: Was willst du in Karachi? Es ist langweilig. Man sieht den Rauch der Schiffe, die draußen auf dem Meer liegen und darauf warten, daß sie in den Hafen können. Die Rikschahs sind hübsch bemalt. Zwischen dem Meer und der Stadt sind Sümpfe, mit weißen Salzpyramiden. Dort kriechen die Schildkröten herum und schaufeln Löcher für ihre Eier, aber am nächsten Morgen kommen die Paria-Hunde und graben sie aus. Es gibt Fabriken und Slums und eine neue Universität. Wir spielen Kricket. Immer spielen wir Kricket. Um diese Zeit sind die Nächte weich und warm. Und still. Du wirst es nicht glauben, aber die ganze Stadt geht um acht oder neun am Abend zu Bett. Dann ist es ganz still. Manchmal setzt sich ein Vogel vor's Fenster, oder du hörst das Trappeln von ein paar Kamelhufen auf der Straße draußen.

1b: Warum geht ihr schon so früh schlafen?

9: Wir sind Moslems. In allen mohammedanischen Städten sind die Nächte still.

1b: Es ist zehn Uhr. Wo ist Gafur jetzt?

9: Er ist ausgegangen. Er sitzt irgendwo und schreibt ein Gedicht. Jede Nacht schreibt er von neun bis Mitternacht ein Gedicht.

2: Er sah, wie sie reglos lauschte. In der Dämmerung des Cafés und seiner Erzählung lag ihr mageres symmetrisches Gesicht so gefangen wie draußen die Schiffe im Eis.

1a: Jetzt ist sie bei Gafur. Bei seinem schwarzen Bart. Bei seinem Gedicht. Ich hab's geschafft, sie mit Gafur zu hypnotisieren.

1b: Messua ist so plötzlich gegangen, wie sie gekommen ist.

1a: Gelb aus meinem Schattenzimmer in den weißen Hotelkorridor. Meine Schwester der Langeweile.

1b: Ich blieb noch eine Zeit liegen, aber ich konnte nicht schlafen. Um elf ging ich runter. Ich hatte nicht den Mut, in die Hilton-Bar zu gehen, sondern setzte mich in die Halle und wartete auf Gafur. Nach einer Weile kam er. In seinem langen schwarzen Mantel, mit dem hohen weißen Turban auf dem Kopf, mit dem gedrechselten Götterbart und dem tiefbraunen Gesicht sah er aus wie ein Maharadscha. Alle Leute drehten sich nach ihm um. Er ließ sich den Mantel abnehmen. Dann kam er auf mich zu und lud mich in die Bar ein. Ich bestellte einen Cocktail, während er nur einen Orangensaft verlangte. Der Barkeeper schien es erwartet zu haben.

8: Ich trinke keinen Alkohol.

1b: Dann sind Sie also doch ——— fanatisch? ———
Ich war froh, ein Thema zu haben.

8: Ich verhalte mich wie ein Strenggläubiger. Aber ich bin nicht gläubig. Ich bin modern und westlich. Ich bin streng mit mir selbst. Man hat mich so erzogen. Von meinem Glauben ist nur noch die Strenge übriggeblieben.

1b: Ich war auf seinen Ernst nicht gefaßt. Zuerst war mir sein Ernst peinlich, dort in der Bar.

8: Ich habe darüber nachgedacht, ob Ihre Flucht falsch oder richtig ist. Ich weiß es immer noch nicht. Ich kenne Sie noch zu wenig. Gestern abend, als ich Sie zum erstenmal sah, da glaubte ich, Sie zu kennen. Ich vermutete, Sie seien naiv wie ein Abenteurer. Dann wurden Sie mir unbekannter. Am Grab Ihres Vaters waren Sie mir völlig fremd. Ich habe ein Gedicht über Berlin geschrieben. In meinem Gedicht ist Berlin eine Stadt mit kalten, grauen, leeren Straßen, in denen die Söhne es aufgegeben haben, nach ihren Vätern zu suchen.

1b: Besuchen Sie deswegen die Gräber von Dichtern?

8: Ja.

1b: Aber ich habe Ihnen doch das Grab meines Vaters gezeigt!?

8: Weil der Geist dieses Dichters Sie einen Augenblick an die Hand nahm. Es geschah gegen Ihren Willen.

1b: Damals, in der Hilton-Bar, ist es mir zum ersten und einzigen Mal passiert, daß sich jemand mit mir beschäftigt hat. Meine Mutter tut's vielleicht auch. Aber sie kann sich nicht ausdrücken. Ich war platt, daß ein Mann, der aussah wie ein Maharadscha und der Gedichte machte, sich mit einem so uninteressanten Typ wie mir befaßte.

8: Wenn Sie zu uns kommen würden, um die Meditation zu erlernen, dann hätte Ihre Flucht vielleicht einen Sinn.

1b: Heißt Meditation Nachdenken?

8: Es ist eine besondere Art des Nachdenkens, ja. Eigentlich ist es nicht das Nachdenken selbst, sondern nur die Weise, auf die es ausgeübt wird. Es ist eine Übung.

1b: Wie macht man es?

8: Jeder findet seinen eigenen Weg.

1b: Plötzlich schien er nicht mehr neben mir zu sitzen, in der Bar.

8: Ungefähr um neun Uhr jeden Abend verlasse ich mein Büro. Zwischen neun Uhr und Mitternacht schreibe ich ein Gedicht. Von Mitternacht bis fünf Uhr morgens schlafe ich. Dann stehe ich auf und mache einen Spaziergang, um mich von der Unreinheit in meinem Körper zu befreien. Ich komme zurück und spreche ein Gebet, dann meditiere ich, um die Unreinheit aus meinem Geist zu vertreiben. Aber mein Geist wandert, Sinnloses strömt in ihn ein und füllt mich mit neuer Unreinheit. Danach frühstücke ich und gehe in mein Büro.

3: Dieser Gafur muß ein wunderbarer Mann sein!

1a: Ich habe sie verrückt gemacht mit Gafur. Verrückt nach Gafur. Solange sie an ihn denkt, ist sie keine Studentin. Gafur macht sie zu einer Frau wie alle anderen Frauen. Bei mir bleibt sie Studentin, aber bei ihm verändert sie sich. Gafur macht sie fertig.

1b: Aber sein Meditieren war doch ganz erfolglos. Er wurde immer wieder unrein.

3: Das verstehen Sie nicht. Es hatte trotzdem Sinn.

1a: Ich verstehe schon, daß ich nichts verstehe. Weil sie bei Gafur ist, zeigt sie mir zum erstenmal ihren Hochmut. Ihren gebildeten Hochmut.

1b: Und Messua? Denken Sie doch auch mal an sie! Für sie muß es nicht sehr angenehm sein, mit einem Mann zu leben, der rein sein will, nichts als rein.

3: Man bleibt bei einem Mann, der ein Mann ist, unter allen seinen Bedingungen.

1b: Aber sie blieb nicht immer bei ihm.

3: Sie wußte, daß ihr Körper ihr gehörte. Das hat mit ihrem Bleiben bei Gafur nichts zu tun.

2: Sie drückte ihre Zigarette aus.

3: Auch mein Körper gehört mir. Vielleicht auch mein Geist. Das hat damit, daß man bei einem Mann bleibt, nichts zu tun. Ich werde mir niemals das Recht nehmen lassen, mir zu gehören.

1a: Na. Dem Mann, der die mal kriegt, kann man gratulieren. Vielleicht war's aber auch nur so eine Studentinnen-Idee. Vielleicht würde sie später mal 'ne ganz brave Frau werden.

3: Haben Sie ihn denn nicht nach Messua gefragt?

1a: Messua! Da wußte ich, daß sie nicht viel verstand. Messua brannte doch noch in mir wie Feuer. Nicht mit Zangen hätte man ein Wort über sie aus mir herausgebracht. Es war viel wichtiger, Gafur zu sagen, daß er sich in mir getäuscht hatte.

1b: Ich kann verstehen, daß Sie die Meditation brauchen. Für die Reinigung, wie Sie gesagt haben. Aber für mich ist sie überflüssig.

8: Wie meinen Sie das?

1b: Sie sagten, daß Ihr Geist sich füllt, daß etwas in ihn einströmt.

8: Sinnloses. Unreinheit. Ja.

1b: Das ist immerhin etwas. Es ist besser als nichts. Meiner ist leer. ——— Er fuhr zurück, als habe er ein giftiges Insekt berührt. Er begriff sofort. Es war pure Höflichkeit, als er mir nach einer Sekunde Schweigen widersprach.

8: Das glaube ich nicht.

1b: Aber ja. Weshalb, meinen Sie, daß ich nach Indien will? Um mich zu reinigen? Nein. Ich langweile mich, das ist alles. Ich bin weder schlecht noch gut. Ich bin leer.

2: Er winkte dem Kellner, um zu zahlen. Der schlotterte heran, von seinem Hündchen gefolgt, und kassierte ab. Seine abwesenden Augen zählten das Geld, die Nacht und den Tod zusammen.

3: Ihre Geschichte wird immer trauriger.

2: Sie schien zu frösteln, ihr schönes Mädchengesicht war matter geworden, ihr grauer Pullover zu Asche.

1b: Sie ist gleich zu Ende.

8: Dann brauchen Sie etwas, was stärker ist als Meditation. Kommen Sie mit, ich will Ihnen ein Mittel gegen die Leere geben. Ich gebrauche es manchmal gegen die Unreinheit. Wenn sie zu mächtig wird in mir. Es hilft sicher auch gegen die Leere. Wenn das Sinnlose zu mächtig wird, muß man es mit dem Sinnlosen bekämpfen.

2: Sie verließen die Bar, Gafur und er. Gafur und Messua bewohnten ein Appartement im Hilton. Er vernahm keinen Laut aus dem Schlafzimmer. Ob Messua schlief? Er sah zu, wie Gafur einen Koffer öffnete, und dann sah er einen Revolver in Gafurs Hand. Sein erster Gedanke war, Gafur habe ihn in eine Falle gelockt.

1a: Messua. Er weiß alles.

2: Aber dann geschah Schlimmeres. Gafur vernichtete ihn auf eine schlimmere Art.

8: Haben Sie schon einmal einen Revolver in der Hand gehabt?

1b: Als Junge.

8: Das ist ein Trommelrevolver. Sehen Sie hier die Trommel mit den sechs Geschoßkammern. Sie sind leer. So leer wie Ihr Geist. Jetzt fülle ich eine von ihnen mit einer Patrone. So. Jetzt ziehe ich den Sicherungsstift heraus.

2: Er blickte stumm auf Gafur, auf den Revolver. Was geschah jetzt?

8: Jetzt halte ich den Revolver hinter meinem Rücken, sehen Sie, so. Ich kann ihn nicht sehen. Und nun drehe ich mit der freien Hand die Trommel. Es ist mir unmöglich, festzustellen, ob eine leere oder die gefüllte Geschoßkammer hinter dem Lauf liegt. Nun hebe ich den Revolver hoch, so, daß ich ihn nicht sehen kann, und setze die Mündung des Laufs an meinen Kopf. Ich setze ihn immer in meine Ohrmuschel. Darin kann der Lauf nicht abrutschen, wie vielleicht an der Schläfe.

1a: Er ist wahnsinnig. Wahnsinnig, wahnsinnig, wahnsinnig.

8: Und dann drücke ich ab. So.

2: Der Revolver machte Klick. Nichts. Gafur setzte ihn ab und betrachtete ihn.

8: Ich habe Glück gehabt. Man nennt das Spiel Russisches Roulette. Offenbar haben ein paar Russen damit angefangen.

2: Es war Gafur nichts anzumerken. Der Hintergrund seiner Augen nahm einen Ausdruck von Glück an.

8: Probieren Sie es! Es wird Ihnen helfen.

2: Es gab kein Entrinnen. Hätte er aus dem Zimmer stürzen können? Es war eine Falle. Es war eine Falle, deren Türe offen stand. Er nahm den Revolver. Er drehte die Trommel. Er setzte die Mündung des Laufs in seine Ohrmuschel.

1a: Der Bart. Gescheitelt, geteilt. Die Teile zu Kreisen gedreht. Schwarze Kreise eines Gottes. Der schwarze Schild des Todesgottes mit den Ornamenten eines Wirbels aus Haaren. Starr. Die schwarzen Ornamente des Nichts. Sindh, Gondwana, Amadabad, Thar, Gwalior, Baroda. Die schwarzen Wirbel Indiens. Das indische Innerste des Kreises.

2: Klick.

1a: Und dann das Herausdrehen aus der Mündung des

Kreises, des Laufs, des Wirbels. Die Rückkehr aus Sindh. Das goldene Licht. Das Paradies. Das Glück. Das goldene, das paradiesische, das indische Glück. Das Ende der Leere.

8: Ich schenke Ihnen den Revolver. Und die Patrone. Sie werden niemals eine zweite brauchen.

2: Er ging hinaus und zu seinem Zimmer. Er nahm seinen Koffer, zog seinen Mantel an, verließ das Hotel und fuhr mit dem Interzonen-Zug zurück.

3: Was für ein Mittel hat Gafur Ihnen gegeben?

1b: Ich zeig's Ihnen. Kommen Sie, gehen wir!

2: Von draußen konnten sie noch einmal den Kellner sehen, in der Lichthöhle des Cafés den alten, schweren, kranken, den zum Tod verurteilten Kellner. Sie sahen, wie er mit dem Hund sprach.
Es war kalt. Er sah sich um. Von der Landungsbrücke war zu einem der Schiffe hinüber ein Brett gelegt.

1b: Dort kann ich's Ihnen zeigen. Es dauert nicht lang. Nur eine Minute.

2: Sie gingen über das Brett und zum Stern des Schiffes, wo es dunkel war, aber nicht zu dunkel. Vorne am Bug war das Licht der Brückenlampe zu hell.

1b: Setzen Sie sich einen Augenblick auf die Bank da!

2: Sie gehorchte. Er zog den Revolver heraus. Sie bewegte sich nicht.

1b: Haben Sie keine Angst!

1a: Sie denkt, sie ist in eine Falle gegangen.

1b: Es ist nur ein Spiel. Es heißt Russisches Roulette.

2: Das Eis stand in Schollen um die Bordwände. Über die Alster hin war es weiß, auf die Art von Weiß, das unter der Nacht liegt, also schattenflächig, in der Ferne blau.
Er erklärte ihr das Spiel. Sie hörte sich seine Erklärung schweigend an.
Drüben die Uhlenhorster Lichterlinie.

1b: Es ist besser als Sex, wissen Sie!

2: Endlich brach sie ihr Schweigen.

3: Vieles ist besser als Sex.

2: Er hörte die Verachtung in ihrer Stimme. Zum erstenmal, seitdem er sie kennengelernt hatte, verachtete sie ihn.

1b: Ich möchte wissen, was besser ist als Sex. Nur das da!

2: Die Kälte. Aber sie fror nicht.

3: Kanada ist besser als Sex.

1a: Wolfspelz, Wärme, Winterhimmel. Diesmal kriegt sie mich nicht damit.

1b: Kanada, oh du meine Güte!

3: Denken ist besser als Sex.

2: Er hob den Revolver. Setzte ihn mit dem Lauf in die Ohrmuschel.

3: Es wirkt ja schon gar nicht mehr. Geben Sie's doch zu!

2: Jetzt verhöhnte sie ihn. Er empfand Wut. Sie wußte alles. Er setzte den Revolver noch einmal ab.

1b: Woher wissen Sie das?

3: Das ist doch nicht schwer. Wenn man's eine Weile gemacht hat, muß es sein, wie wenn man Tabletten schluckt.

2: Er starrte sie hoffnungslos an, aber ihr Gesicht war im Dunklen. Sie saß vom Licht abgewandt. Er nahm den Revolver noch einmal hoch.

3: Geben Sie ihn mir. Schnell!

2: Sie war plötzlich aufgestanden und hatte ihn am Handgelenk gefaßt.

1b: Warum? Was wollen Sie mit ihm?

3: Geben Sie ihn mir! Es ist eine Bedingung. Danach können Sie damit tun, was Sie wollen.

2: Er gab ihn ihr, verwundert.
Das Räderrollen eines Zuges, den sie nicht sehen konnten, über ihnen, auf der Lombardsbrücke.
Sie nahm den Revolver. Sie hielt ihn ins diffuse Licht, um ihn betrachten zu können. Die fünf Geschoßkammern waren leer. Die sechste lag hinter dem Lauf-Ende. Der rollende Zug verschwand aus ihrem Wahrneh-

mungsvermögen. Nur das Eis war noch da, schattenblau.
Sie drehte vorsichtig an der Trommel. Die Patrone, die vor dem Lauf gelegen hatte, kam zum Vorschein.
Sie schüttelte sie heraus, in ihre Handfläche. Sie machte es ganz richtig. Sie warf das Geschoß über Bord. Es schlug auf das Eis, und sie hörten, wie es singend dahinschlitterte, echolos und immer ferner, ehe es verstummte.
Dann ging sie fort, über das Schiff, über das Brett, am Café vorbei, über den Steg, unter die Bäume.
Er sah sie unter den Bäumen, die sie mit Schatten zeichneten. Als er endlich die klebrige Kälte des Schweißes fühlte, begriff er, daß sie ihm den Revolver wieder in die Hand gedrückt hatte. Er wollte ihn hoch nehmen, aber er erinnerte sich daran, daß er keine Patrone mehr besaß.
Er ging schnell bis unter die Bäume, um sie einzuholen. Dort blieb er stehen. Er sah, wie sie den Harvestehuder Weg entlang ging und schließlich verschwand.
Er änderte seine Absicht und schlug die Richtung zum Dammtorbahnhof ein. Der Verkehr in der City hatte nachgelassen.

Postscript des Verfassers

Die in diesem Band gedruckten Hörspiele entstanden in den Jahren 1957–1961. *In der Nacht der Giraffe* wurde vom Hessischen Rundfunk Frankfurt, die übrigen vom Südwestfunk Baden-Baden in Gemeinschaft mit Radio Bremen erstaufgeführt. Hinter dieser einfachen Mitteilung verbirgt sich ein ganzer Komplex von Anregung, Mitarbeit und sorgfältiger Interpretation, zustandegebracht von den Redakteuren, Regisseuren und Schauspielern dieser Sender, denen ich an dieser Stelle einmal herzlich danken möchte.

Es sei mir erlaubt, zur Dramaturgie meiner Hörspiele das Folgende zu bemerken: *Fahrerflucht* und *Russisches Roulette* sind Erzählungen, in denen Erzähltes in Dialoge, Dialoge in Erzähltes übergehen, oder auch nicht übergehen, sondern hart gegeneinander gesetzt werden. Trotz mancher Finessen (Wechsel in der Erzählfigur, Sprechergruppen als Erzähler, Zeit- und Raumverschiebungen) bildet eine ganz einfache epische Struktur die Grundform. Ich habe bisher in keinem meiner Hörspiele den Versuch unternommen, zu einer dramatisch-theatralischen Form zu gelangen. Die Hörspiele *In der Nacht der Giraffe* und *Der Tod des James Dean* sind hingegen nicht erzählerisch angelegt, sondern es handelt sich bei ihnen um Montagen, bei dem ersteren um Montagen eigener, bei dem letzteren um Montagen fremder Texte. Sie wollen nichts oder nur wenig erzählen, sondern Situationen und Tatbestände darstellen und durchsichtig machen. Auch hier keine Intention aufs Theatralische, eher vielleicht aufs Dokumentarische; merkwürdigerweise wurde *Der Tod des James Dean* jedoch von einigen Studio-Bühnen szenisch aufgeführt.

Die Entstehungsgeschichte von *Russisches Roulette* wird vielleicht den einen oder anderen Leser interessieren. Der Text ist als Film-Entwurf geschrieben worden (ich halte

Hörspiel und Film gleichermaßen für epische, nicht für theatralische Literaturformen) und stellt einen ganz bewußt unternommenen Versuch dar, gleichzeitig Film, Hörspiel und Erzählung sein zu wollen.

Berzona (Valle Onsernone), im März 1965

Alfred Andersch

Alfred Andersch im Diogenes Verlag

Efraim
Roman

Die Kirschen der Freiheit
Ein Bericht

Hohe Breitengrade oder Nachrichten von der Grenze
Ein Reisebericht mit 48 Farbtafeln nach Aufnahmen von Gisela Andersch

Sansibar oder der letzte Grund
Roman

Wanderungen im Norden
Ein Reisebericht mit 32 Farbtafeln nach Aufnahmen von Gisela Andersch

Mein Verschwinden in Providence
Neun Erzählungen

Die Rote
Roman. Nach der vom Autor revidierten Fassung von 1972

Fahrerflucht
und andere Hörspiele
Fahrerflucht / In der Nacht der Giraffe / Der Tod des James Dean / Russisches Roulette

Winterspelt
Roman

Geister und Leute
Zehn Geschichten

Ein Liebhaber des Halbschattens
Drei Erzählungen

Neue Hörspiele
Die Brandung von Hossegor / Tapetenwechsel / Radfahrer sucht Wohnung

Der Vater eines Mörders
Eine Schulgeschichte. Mit einem Nachwort des Autors

Flucht in Etrurien
Zwei Erzählungen und ein Bericht

Erinnerte Gestalten
Frühe Erzählungen

Gesammelte Erzählungen

Meistererzählungen
Nachwort von Lothar Baier

Romane
Vier Bände in Kassette: Sansibar oder der letzte Grund / Die Rote / Efraim / Winterspelt

Das Alfred Andersch Lesebuch
Herausgegeben von Gerd Haffmans. Mit Lebensdaten und einer Bibliographie

Über Alfred Andersch
Essays, Aufsätze, Rezensionen von Thomas Mann bis Arno Schmidt. Interviews, Chronik, Bibliographie der Werke. Auswahlbibliographie der Sekundärliteratur.
Erweiterte Neuauflage 1980

Stephan Reinhardt
Alfred Andersch
Eine Biographie. Mit zahlreichen Abbildungen, Anmerkungen und Zeittafel

Stephan Reinhardt
Alfred Andersch
Eine Biographie

»Ein Buch über die Interna des westdeutschen Kulturbetriebes und zugleich über die Entwicklung der deutschsprachigen Literatur, das mit dieser 768 Seiten umfassenden Andersch-Biographie vergleichbar oder ihr auch nur annähernd ähnlich wäre, gibt es nicht. Wer sich für die aufgewühlte Zeit nach dem Zweiten Weltkrieg (die seltsam verzerrt in der DDR gegenwärtig variiert wird) und für die Geschicke der westdeutschen Nachkriegsliteratur interessiert – hoffend, immer wieder enttäuscht, von allem irgendwie Gelungenen betroffen wie von etwas Belangvollem –, muß diesem Buch erliegen. Er wird es nicht brav durcharbeiten als Pflichtlektüre oder materialreiche Spezialstudie, sondern wird sich in ihm verlieren, wie man sich in einem Haufen alter Briefe verliert, bei der Suche nach etwas ganz anderem. Gelebtes Leben zieht in Bann, Streitereien von einst schütteln den Staub ab. Gräber öffnen sich. Ungewöhnlich und faszinierend an dieser Biographie ist, daß sie Literaturgeschichte gleichsam ›von unten‹ gibt.«
Joachim Kaiser/Süddeutsche Zeitung, München

»Auf solche Lebensbeschreibung, so anschaulich und penibel, so aufschlußreich und unterhaltsam, trifft man nur selten.«
Klaus Bellin/Die Weltbühne, Berlin

»Eine umfangreiche Biographie über den Publizisten, Kritiker und Erzähler Alfred Andersch schildert ein Stück deutscher Kulturgeschichte. Die minutiös belegte Biographie von Stephan Reinhardt spiegelt zugleich auch die jüngere (west-)deutsche Geschichte wider.« *Der Spiegel, Hamburg*

Martin Suter im Diogenes Verlag

Small World

Roman

Erst sind es Kleinigkeiten: Konrad Lang, Mitte Sechzig, legt aus Versehen seine Brieftasche in den Kühlschrank. Bald vergißt er den Namen der Frau, die er heiraten will. Je mehr Neugedächtnis ihm die Krankheit – Alzheimer – raubt, desto stärker kommen früheste Erinnerungen auf. Und das beunruhigt eine millionenschwere alte Dame, mit der Konrad seit seiner Kindheit auf die ungewöhnlichste Art verbunden ist.

»Genau recherchiert, sprachlich präzis und raffiniert erzählt. Dramatisch geschickt verflicht Martin Suter eine Krankengeschichte mit einer Kriminalstory. Ein literarisch weit über die Schweiz hinausweisender Roman.« *Michael Bauer/Süddeutsche Zeitung, München*

Die dunkle Seite des Mondes

Roman

Starwirtschaftsanwalt Urs Blank, fünfundvierzig, Fachmann für Fusionsverhandlungen, hat seine Gefühle im Griff. Er hat es gelernt, sich keine Blöße zu geben, hingegen die der anderen zu nutzen. Doch dann gerät sein Leben aus den Fugen. Ein Trip mit halluzinogenen Pilzen führt zu einer gefährlichen Persönlichkeitsveränderung, aus der ihn niemand zurückzuholen vermag. Blank flieht in den Wald. Bis er endlich begreift: Es gibt nur einen Weg, um sich aus diesem Alptraum zu befreien.

»Selten habe ich in letzter Zeit einen Autor gefunden, bei dem ich so intensiv das Gefühl hatte, daß er wimperngenau sagen kann, was er sagen will.« *Annemarie Stoltenberg/Norddeutscher Rundfunk, Hamburg*

Bernhard Schlink im Diogenes Verlag

»Wenn es eine Renaissance des Erzählens gibt, dann hier.« *Der Spiegel, Hamburg*

»Schwungvoll geschriebene, raffiniert gebaute Romane, in denen die politische Aktualität und die deutsche Vergangenheit präsent sind.«
Dorothee Nolte / Der Tagesspiegel, Berlin

»Bernhard Schlink gehört zu den Autoren, die sinnlich, intelligent und spannend erzählen können – eine Seltenheit in Deutschland.«
Dietmar Kanthak / General-Anzeiger, Bonn

»Bernhard Schlink gelingt das in der deutschen Literatur seltene Kunststück, so behutsam wie möglich, vor allem ohne moralische Bevormundung des Lesers, zu verfahren und dennoch durch die suggestive Präzision seiner Sprache ein Höchstmaß an Anschaulichkeit zu erreichen.« *Werner Fuld / Focus, München*

»Bernhard Schlink ist ein sehr intensiver Beobachter menschlicher Handlungen, seelischer Prozesse. Man liest. Und versteht.«
Wolfgang Kroener / Rhein-Zeitung, Koblenz

Die gordische Schleife
Roman

Selbs Betrug
Roman

Der Vorleser
Roman

Liebesfluchten
Geschichten

Bernhard Schlink & Walter Popp
Selbs Justiz
Roman

Erich Hackl im Diogenes Verlag

»Seine Fähigkeit, aus den zur Meldung geschrumpften Fakten wieder die Wirklichkeit der Ereignisse zu entwickeln, die Präzision und zurückgehaltene Kraft der Sprache lassen an Kleist denken.«
Süddeutsche Zeitung, München

»Mit seinem nüchternen Stil tritt Hackl an die Stelle des Chronisten: er ermittelt, rekonstruiert, beschreibt. Auf ihn trifft García Márquez' Postulat zu, wonach ein Schriftsteller politisch Stellung beziehen, vor allem aber gut schreiben muß.« *Siempre!, Mexiko-Stadt*

»Er zählt zur aussterbenden Population der Autoren mit Gesinnung. Und doch drängen seine poetisch-stillen und gleichzeitig politisch hochbrisanten Bücher stets zur Spitze der heimischen Bestsellerliste.«
Dagmar Kaindl/News, Wien

»Berichte aus einer nicht abgeschlossenen Vergangenheit: große zeitgenössische Literatur der Ernsthaftigkeit.« *Christian Seiler/profil, Wien*

Auroras Anlaß
Erzählung

Abschied von Sidonie
Erzählung

Materialien zu Abschied von Sidonie
Herausgegeben von Ursula Baumhauer

König Wamba
Ein Märchen. Mit Zeichnungen von Paul Flora

Sara und Simón
Eine endlose Geschichte

In fester Umarmung
Geschichten und Berichte

Entwurf einer Liebe auf den ersten Blick
Erzählung

Doris Dörrie im Diogenes Verlag

»Doris Dörrie ist als Erzählerin Spezialistin in diffizilen Angelegenheiten der kleinen Rache und gezielten Ohrfeigen zum Zwecke der Unterstützung des eigenen Selbstwertgefühles. Sie ist eine sehr gute Kurzgeschichten-Schreiberin mit der erforderlichen Prise Selbstironie und mit stilistischer Eleganz.«
Annemarie Stoltenberg/Die Zeit, Hamburg

»Es ist vollkommen gleichgültig, ob Sie Doris Dörrie in der Badewanne, im Intercity-Großraumwagen, im Lehnstuhl oder in der Straßenbahn lesen, nur: Lesen Sie sie!« *Deutschlandfunk, Köln*

Liebe, Schmerz und das ganze verdammte Zeug
Vier Geschichten

»Was wollen Sie von mir?«
Erzählungen
Mit Fotos von Helge Weindler

Der Mann meiner Träume
Erzählung

Für immer und ewig
Eine Art Reigen

Love in Germany
Deutsche Paare im Gespräch mit Doris Dörrie
Unter Mitarbeit von Volker Wach. Mit 13 Fotos

Bin ich schön?
Erzählungen

Samsara
Erzählungen

Was machen wir jetzt?
Roman

Diogenes Taschenbuch 23168

de
te
be